光文社文庫

文庫オリジナル／長編青春ミステリー

セピア色の回想録

赤川次郎

光　文　社

『セピア色の回想録』目 次

●主な登場人物のプロフィールと、これまでの歩み

第一作『若草色のポシェット』以来、登場人物たちは、一年一作の刊行ペースと同じく、一年ずつリアルタイムで年齢を重ねてきました。

杉原爽香……本作で誕生日を迎え四十九歳に。中学三年生の時、同級生が殺される事件に巻き込まれて以来、様々な事件に遭遇。大学を卒業した半年後、殺人事件の容疑者として追われていた明男を無実と信じてかくまうが、真犯人であることを知り自首させる。二十七歳の時、明男と結婚。三十六歳で、長女・珠実を出産。仕事では、高齢者用ケアマンション〈Pハウス〉から、**田端将夫**が社長を務める〈G興産〉に移り、老人ホーム〈レインボー・ハウス〉を手掛けた。その他にもカルチャースクール再建、都市開発プロジェクトなど、様々な事業に取り組む。

杉原明男……旧姓・丹羽。中学、高校、大学を通じて爽香と同級生だった。大学時代に大学教授夫人を殺めて服役。その後〈N運送〉の勤務を経て、現在は小学校のスクールバスの運転手を務める。

杉原珠実……爽香が三十六歳の時に出産した、明男との娘。中学一年生。

久保坂あやめ……〈G興産〉の社員で、爽香をきめ細かにサポートする頼もしい部下。画壇の重鎮である**堀口豊**が夫だが、入籍はしていない。

杉原　涼……爽香の甥。兄・**充夫**（故人）の長男。二十七歳。駆け出しのフリーカメラマン。S大学の同期生・岩元なごみと交際中。

岩元なごみ……涼の恋人。写真配信サービス会社勤務。大学時代は写真部の幹事。

栗崎英子……往年の大スター女優。九十一歳。〈Pハウス〉に入居した際、爽香と知り合う。そののち、映画界に復帰。

河村爽子……天才ヴァイオリニスト。爽香と旧知の刑事・河村**太郎**（故人）と爽香の中学時代の恩師・**布子**の娘。

浜田今日子……爽香とは小学校以来の仲良し。医師。シングルマザーで娘の**明日香**と二人暮らし。

松下……元々は借金の取り立て屋だったが、現在は〈消息屋〉を名乗り、世の中の裏事情に精通する男。爽香のことを絶えず気にかけており、事あるごとに救いの手を差し伸べる。

――杉原爽香、四十九歳の春

1　思い出

〈いい人生だったよ……。

目を閉じて、もう二度と開かなくなった母の顔には、間違いなくそういう表情が浮かんでいた。

本当に忙しく走り回り、大して知り合いというわけでもなかった人のために、命がけで戦った。——母はそういう人だった。

よくこの年まで殺されないで生きてきたものだ、と娘の私が感心する。でも、母にとっては、間違ってひどい目にあわされているような人は、放っておけなかったんだと思う。

そのせいで、父も私もずいぶん危い目にあったり、困ったりもしたけれど、やっぱり私は母が大好きで、「何もそこまでしなくたって」と思うことでも、

「しょうがないなあ」

と、父と顔を見合せて苦笑してしまうのだ。

娘や孫に囲まれた、やさしいおばあちゃん、という老後じゃなかった。

もうすぐ九十になろうとする、ぎりぎりまで、母はちっとも変らず、元気一杯の母のままだった。

よくガンバリましたね。

八十九歳で、今息を引き取った、母、杉原爽香に向って、私はそう声をかけてやりたいと思う。

お母さん、幸せだったね、と——〉

「珠実ちゃん！」

爽香がレポート用紙を手にして怖い声を出した。

「あ、お母さん——」

「何よ、この作文！　私がいつ死んだっていうのよ！」

「黙って読まないでよ」

と、珠実はふくれっつらになって、「ちゃんと著者の了解を取って下さい。それに、まだそれ書きかけなんだから」

明男が聞きつけて、

「どうしたんだ？」

と、顔を出す。

「お母さんがね、著作権を侵害したの」

と、珠実が訴えた。

「私が八十九で死んだことになってる。しかも、余計なお節介ばっかりやいてたみたいな……」

明男が笑って、

「さすが中学生だな。作文で、当り前のお母さんを書いても面白くないと思ったんだろ」

「ちゃんとお母さんのこと、評価してあげてるもん」

「でもね、まだ殺さないでよ」

と、爽香は渋い顔で、それでも珠実に作文を返した。

「ちょっと読ませろよ」

と、明男は珠実から作文を受け取ると、ザッと目を通して、「――いいじゃないか。中一でこれだけ書けりゃ立派なもんだ」

「ね？　いいよね」

「で、お父さんはここじゃどうなってるんだ？　とっくに死んでるのか？」

「うーん……。まだ決めてない」

「まあ、好きにしろ。あんまりひどい目にあわせないでくれよ」

爽香は肩をすくめて、

「さ、お昼にしましょ」

と言った。「ピザでいいよね」

「うん」

と、珠実は肯いて、「『お母さんは冷凍食品を温める名人だった』って書いとこう」

――穏やかな日曜日だった。

明男が三人分の紅茶を淹れて、珠実は電子レンジの中の様子を見張っていた。

「――チーズのいい香りがするね」

と、爽香は言った。「珠実ちゃん、もう座って」

「お母さん、チーズをこがし過ぎるんだもの」

と言いながら、珠実はダイニングの椅子を引いて座った。

明男が紅茶を飲みながら、

「連休は休めるのか？」

と、爽香に訊いた。

「今のところはね。プロジェクトの進み方しだいで、出なきゃいけなくなるかもしれないけど」

「しかし——九日は休めるんだろ?」

「え?」

「おい、五月九日だ。お前の誕生日じゃないか」

「あ、忘れてた」

「こういうお母さんでした、ってことも書いとこう」

と、珠実がピザを一切れ口に入れて、「あちち……」

「気が付いたわよ、すぐ」

と、爽香は紅茶にミルクをたっぷり入れた。

四月も末で、世はいわゆるゴールデンウイークに入る。

それが明けると、杉原爽香は四十九歳になるのだ。

「でも、休めるかなあ」

と、爽香は首をかしげて、「連休明けにしよう、って話が多いから」

「しかし、一応誕生日だぜ。お祝いでもしないと——」

「四十九か。早いわね、これくらいになると一年が」

「去年もそう言ってたぞ」

「毎年、どんどん早くなるのよね」

爽香は欠伸して、「今年は珠実ちゃんが私より背が高くなるだろうし」

る。

今でも、ほとんど同じ身長だ。スラリと脚が長い分、珠実の方が背がありそうに見える。

「明男は何か仕事があるんだったよね」

「ああ。三連休の真中に、バスで箱根だ。道路が混むに決ってるのにな」

明男は〈S学園〉のスクールバスのドライバーである。

「お母さんの所にも行かないと」

と、爽香が言った。「綾香ちゃんは国内出張があるらしい」

「今年いくつになるんだっけ、綾香ちゃん」

「三十……四になるのよ、確か」

「そうか。——いつかの付合ってるって言ってた男とはどうなったんだ?」

「どこかのシェフ? どうなってるのかしら。詳しいことは聞いてない」

爽香は早々にピザを食べ終えると、「——ちょっと、あやめちゃんに連絡するから」

と、席を立って行った。

「忙しいな、母さんは」

「私、お母さんと似てる?」

と、珠実が訊いた。

「どうかな。一緒に暮してりゃ、いやでも似てくるだろ。だけど、大人になると色々変ってくるのさ」

明男は、ゆっくり紅茶を飲み干すと、「珠実の作文だと、母さんは八十過ぎても犯人探しをしてるようだな」

「お父さん、そう思わない？」

「うん……。そうだな」

と、明男は少し考えて、「結局、母さんが元気なのは、仕事だけじゃなくて忙しいからじゃないか？」

「それもそうだね」

珠実は考え深げに、「そのころ、私も五十くらいになってるんだ。——人生って儚い(はかな)ね……」

いつもなら、絶対にやりそうもないことを始めるのは、「先が長くない」から。

もちろん、みんながみんな、そうではないだろう。いつも通り仕事をして、ふと手を止めたかと思うと、実は死んでいた、ということもある。

人はそれぞれである。

ただ、それでも——。

「お祖父(じい)ちゃんはどこ？」

と、訊いたとき、

「書斎で何かされていますよ」

と聞いて、

「え？　どうしたのかしら？」

と、三田村奈美がびっくりしたのは当然の反応だった。

もうすぐ八十八歳になろうというのに、ほとんど連日どこかへ出かけている祖父、三田村朋哉が、「珍しく家にいる」というので、

「具合でも悪いのかしら？　奈美、ちょっと様子を見て来て」

と、母親から言われて、車を飛ばしてやって来たのである。

カーペットが足音を吸い取る静かな廊下を勢いよく歩いて行くと、奈美はそのドアの前で足を止め、軽くノックして、返事も待たずに、

「お祖父ちゃん」

と言いつつドアを開けた。

いつもなら、「勝手に開けるな」と文句を言う祖父が、今日は、しばらく机から顔を上げようともせず、明らかに何か書いている。

「――何してるの？」

と、面食らって訊くと、三田村朋哉はやっと顔を上げて、

「何だ。――どうした?」

と、穏やかな口調で訊いたのだ。

これって、普通じゃない!

「何か用事か? それとも――何か約束してたかな? このところ、用があってもよく忘れるんだ。お前とどこかへ行くことになってたか?」

「うん。パリでランチする約束だった」

と、奈美は澄まして言った。「お母さんが見て来いって言ったの」

「俺が生きてるかどうか、って? 残念だがまだ当分は死なん」

奈美は笑って、

「そんなの、分ってるよ」

と言うと、大きな机へと歩み寄って、「手紙でも書いてるの? それとも請求書?」

「どっちでもない」

と、見られないように、上にスケジュール帳をのせて、「人には見せられんものだ」

「怪しいな。――若い恋人でもできた?」

「考え過ぎだ。もう八十七だぞ」

「でも、充分色気あるでしょ」

「女は好きだ。しかし、深い付合いはごめんんだ。厄介ごとが沢山まとわりついてくるからな」

「お祖父ちゃんがそんなこと言うなんて。——やっぱりおかしいよ」

「放っといてくれ」

と、三田村朋哉はちょっと顔をしかめた。

「あ、そうか」

と、奈美が一人で合点して、「遺言状ね？　きっとそうでしょ」

「そんなことなら、ちゃんと弁護士でも呼んで相談するさ。それとも奈美、お前、俺の遺産をあてにしたいような事情でもあるのか？」

「私、怠け者だもん。お兄ちゃんたちみたいに、事業を起したりしないわ。面倒くさくって！」

「もうお前も二十三だろ。結婚したい男とかおらんのか」

「二十四です！」

と、奈美は訂正して、「今は三十四、五でも遅くないのよ。まだうんと遊ぶわ」

「もったいないな」

と、三田村朋哉は首を振って、「何年か外国へでも行って来たらどうだ。学生時代も結局留学したいと言っといて、しなかったのだから」

「考えたのよ、私も」

と、奈美は大きな机の端に腰をかけて、「でも、外国に行くと、日本語通じないし、コンビニないし、酔いつぶれても誰も迎えに来てくれないし……」

「全く、今の若い者は……」

と、朋哉は呆れたように、「世界へ飛び出して、冒険してやろうとか思わんのか」

「私、昼寝してる方がいい」

と、奈美は言った。

「コーヒーでも飲むか」

と、朋哉は立ち上った。

「私、淹れてあげるよ。それだけは得意なんだ」

――広々とした居間で、コーヒーを飲みながら、

「お前の言うことも、当っとらんこともない」

「何の話？」

「遺言状だよ」

と、朋哉は言った。「今年で俺も八十八、米寿ってやつだな。この年齢になっても、遺言状を作ってなかった」

「これから作るの？　だって、お祖父ちゃんには息子もいるし、娘もいるし、それにこの可愛い孫娘もいるじゃない」

と、奈美は「可愛い」を強調して言った。

「遺言状なんかなくたって同じでしょ？」

「そうとも限らん」

「へえ。——それじゃ、これからミステリーの始まりね」

「何だ、それは？」

「遺言状を作成する前夜、大金持の老人は、何者かに殺されるのよ」

朋哉は笑って、

「そうだな。誰かに殺されでもしない限り、俺はまだ当分死にそうもないからな」

「ね、お祖父ちゃん、私は欲のない人間なの。遺産をごっそりよこせなんて言わない。この屋敷も広過ぎて面倒だからいらないわ。私はね、麻布のマンションさえもらえれば」

「よく知ってるな」

「地震のときの集合場所に、って決めたじゃないの」

「そうだったか？」

「あそこ、場所がいいから気に入ってるの。あのマンションと、あと、一生遊んで暮らせるだけのお金ちょうだい。他には何もいらない」

「そううまく行くか」

「どうして？　私たち家族以外に、遺産を分けたい人がいるの？」

「一人だけいる」

と、朋哉は肯いた。

「誰、それ？」

「うむ？　――俺の〈回想録〉を読めば分る」

「〈回想録〉って……。もしかして、さっき書いてたのが？」

「そうだ。俺の八十八年の人生には、色んなことがあった。数え切れんほどの人間たちに出会って来た」

「その中の一人？　遺産を遺したい相手って」

「そういうことだ」

「誰なの？　――教えてよ」

朋哉はコーヒーを飲み干すと、

「確かに、お前の淹れたコーヒーは旨いな」

と言った。「彼女の名は、杉原爽香というんだ」

2　スナップ

「よくまあ、こんなに人がいるもんだな」

自分だってその一人であることは承知の上で、それでもついそんなことを言ってしまう。

「呑気なこと言ってないで」

と、杉原涼をたしなめたのは、岩元なごみである。「仕事でしょ！　ちゃんと撮らないと」

「分ってるよ」

と、一眼レフを首から下げた杉原涼は顔をしかめて、「だけど、どこをどう撮るんだ？　どこを撮っても、人しか写らないぜ」

――当然のことではある。

ゴールデンウイークに入ろうとする週末、東京の観光スポットを撮ろうとする方が間違っている。ともかく、カメラを構える隙間さえ見付けられない状態だ。

る。

「じき、暗くなるわね」

と、なごみは言った。「少しは人出が減るかも」

「それにしたって……」

――杉原涼は爽香の甥の二十七歳。大学時代から続く恋人の岩元なごみも同い年である。

英語の話せるなごみは、写真の配信サービスの会社で、海外との交渉を受け持って重宝されていた。

プロのカメラマンの助手をしていた涼は、あまりに無茶をさせられて体をこわしそうになったので、独立してフリーのカメラマンになった。

とはいえ、何のコネもない「フリーカメラマン」に、雑誌の仕事など回っては来ない。今はなごみがマネージャー役をつとめている。

海外の旅行代理店から、

「日本の旅行用パンフレットの写真を」

という依頼が来て、喜んで町へ出て来たものの……。

「絵ハガキじゃだめよ」

と、なごみが言った。「ちゃんと、プロが撮ったと分る写真でないと」

「そうだな」

と、涼は肯いて、「よし、活気のあるスナップで行こう」

「でも、どこで撮ったか分らないんじゃ、使ってくれないよ」

「それこそ絵ハガキで見られる風景なんか、今は誰も見ない。若い子たちや年寄りや、人が写り込んだ、『顔』のある写真で行こう」

多分に思いつきではあったが、うまくいけば「作品」になるショットが狙えるかもしれない。

「ちょっと脇道に入ろう」

と、なごみが促した。「高層ビル街は、夜になればどこからでも派手に見えるね。手前に人を入れましょ」

「そうだな」

高校生らしい女の子たちが、道に出ている手相見のおばさんを取り囲んで笑っている。

涼は手早くシャッターを切った。

「――私、手相見てもらおうかな」

と、なごみが言い出した。

「え？」

「モデル代りよ。経費かかるけどね」

「そうか。それなら……。あの子たちが行ってしまってからにしよう」

「一緒に撮ってもいいけど、やっぱり高校生には見えないでしょ」

と、なごみはいたずらっぽく笑った。

「——ほら、三千円、三千円！」

「一人三千円？　おばさん、みんなで三千円にまけてよ」

高校生の女の子たちが一斉に「キャーキャー」言い出したら、とてもかなわない。

結局、五人分で五千円ということになって、一人ずつ千円札を出した。

もう六十近いだろうか。占い師によくありがちな、「見た目で派手に」という、タレント化した占い師ではなかった。

夜になると、まだ風の冷たいこともあり、その女性はコートを着たままで座っていた。

なごみが、

「お願いします」

と、前に立つと、その女性はなごみを見上げて、

「あなたが？」

と、言った。

「はい、そうです」

「そう。——もちろん見るけど、でも、どうして？　充分幸せでしょ、今？」

そう言われて、なごみはちょっと面食らって、

「そう……ですかね？」

「どう見てもね。でも私が見るのはおもに手相だから。そこの人が彼氏？」

と、涼を見る。

「ええ。で、お願いなんです。写真、撮らせていただきたいんですけど」

芸能人だろうが、素人だろうが、勝手に写真を撮られない権利は同じようにある。たとえスナップを撮っても、涼は必ず後で了解を取っておくことにしていた。

「私の写真？」

「写り込む感じで。――どう、涼君？」

「うん。いい感じだ」

涼は向い合ったなごみと占い師の女性の真横に回り、しゃがみ込んで、仰角でカメラを向けた。

「――手相を見てもらってる向うの夜空に、東京タワーがライトアップされてるのが、少しぼけて入る。いいよ、とても」

「なるほどね」

と、女性は感心したように、「そんな風に考えたこと、なかったね」

「じゃ、なごみ、手相を見てもらってくれ」

「ええ。――お願いします」

「お名前は〈なごみさん〉というの？」

「はい。岩元なごみです。二十七歳」

「いい年ごろね」

と、なごみの手を取る。

手もとを照らす小さなスタンドの明りが、なごみの右のてのひらを照らした。そして次は左手を。

占い師の女性は、なごみの左手をかなり長く見つめていた。そして両手でなごみの左手を上下から挟み込むようにして、目を閉じた。

その間、もちろん涼は何度もシャッターを切っていた。

デジタルになって、プロのカメラマンでも、ともかく沢山撮りまくって、後でよく撮れているのを捜すという人がいる。

しかし、プロだからこそ、一度シャッターを切るという行為に責任を持ちたい、と涼は思っていたので、むやみやたらにはシャッターボタンを押さない。

それでも、このカットには十回以上、いつになくシャッターを切っていた。特に、両手でなごみの手を挟んで目を閉じている女性の横顔に、ふしぎな美しさを感じたのである。

「――ありがとう」

と、言ったのは、占い師の女性の方だった。

目を開け、手を離すと、

「いい手相を見せてもらったよ」

と言った。

「そうですか？」

と、なごみは言って、財布を取り出そうとした。

正直、どう言われるかはあまり気にしていなかったのだ。

「今年、新しい命を授かるね」

と、その女性が言った。

「え？」

なごみはハッとした様子で、「あの……私、もしかすると……」

これには涼の方がびっくりして立ち上った。

「おい、なごみ――」

「まだ分んないのよ。これから調べるんだから」

と、なごみは急いで言った。「ただ、ちょっとそんな気がしてるだけ」

「いいじゃないの」

と、その女性は微笑(ほほえ)んだ。

「でも、どうしてそんなことが……」

と、なごみが言うと、

「これでも人相も見るのよ。何も分らないんじゃ、商売上ったりでしょ」

「失礼しました」

と、なごみは笑って、「じゃ、おいくら払えばいいですか？」

「待って。他にもちょっと」

「はい、何か見えましたか？」

占い師の女性は少し心配そうな表情になって、

「あんまりいい話じゃないけどね」

と言った。

「言って下さいな。大丈夫です、何を聞いても」

「あなた自身のことじゃないかもしれないけど。――身内の方、もしくはそれに近い親しい方が、危い目にあわれるかもしれませんね」

なごみと涼は顔を見合せた。

「それがどういう形でのことなのか、事故にあわれるのか、人と争ったりされるのかは分らないけど……」

「それなら、見当がつきますよ」

と、涼が言った。

「まあ、どうして？」

「僕の叔母に、やたら犯罪に巻き込まれる人がいて。これまで何度も殺されそうになっています」

「まあ、そんな方が」

と、目を見開いて、「じゃ、その方にくれぐれも用心なさってと伝えて」

「確かに伝えます」

と、なごみは肯いて、「おいくら払えば……」

「ああ、お一人三千円ですから、それで結構よ」

「じゃあ……」

財布から千円札を三枚抜いて渡すと、「どうもありがとう」

「それと、写真、撮らせてもらったから――」

と、涼が言いかけると、

「そんなことはいいのよ」

と、女性は穏やかに言った。「いい写真になるといいね」

「ありがとう。いつもここに出てるんですか？」

「週に一度か二度ね。人出の多そうな方へ流れていくから、いつとは言えない」

「分りました。写真を送りたいときは……」

「律儀だね、あんたたち」

と、女性は笑って、「そこまで言ってくれるのなら」

手作りの名刺をくれた。なごみが受け取って、二人はもう一度礼を言って、その場を離れた。

少し歩いてから、

「本当に？」

と、涼が訊いた。

「え？　――ああ、妊娠のことね。たぶん……。明日、検査しに行くの」

「そうなのか」

「はっきりしてから言おうと思って。――何とかなるよね」

「うん。それじゃ、爽香おばちゃんに報告しないとな。明日の結果聞いてから。――きっと喜んでくれる」

「そうなると……」

「そうだな。――結婚するだろ？」

「そうね。一緒に暮すってことね、私たち」

「今だって……」

「でも一緒に生活するって、全然別だと思うよ。仕事のこともあるし。食べていくぐらいは稼げると思うけど」

なごみは、歩きながら、「あの手相見てくれたおばさん、何だかふしぎな人だったじゃない？」

「ああ。幻じゃなかったよな。名刺もらったし」

「写真ができたら、ちゃんと送りましょ」

なごみは、あの女性の両手が自分の手を挟んでくれているとき、ふしぎな暖かさがてのひらを通して伝わって来るのを感じたのだった。

この人は、ただの〈手相見〉でも〈占い師〉でもない、となごみは感じた。今夜、あそこで出会うべくして出会ったのだ。そんな気がしたのである。

爽香が一人、残業していると、久保坂(くぼさか)あやめが外出から帰って来た。

「お帰りなさい。ご苦労さま」

と、爽香がパソコンから離れて、伸びをしながら言った。

「遅くなって」

と、あやめは自分の机にバッグを放り出すと、「チーフ、最近、浮気とかしてます？」

「え？」

爽香が目を丸くして、「最近も何も、浮気なんかしてないわよ。どうして？」

「今、ビルに入ろうとしたら、呼び止められて、『〈G興産〉の杉原爽香さんって知ってますか？』って訊かれたんです」

「それで？」

「知らない、って言っときました。あれってどこかの興信所か探偵事務所ですよ。覚えないですか？」

「全然。いやね、何だか」

「実は、私の他にも、一人二人、チーフのこと訊かれた子が……」

「知らないわ。放っときましょ」

気にしない、と決めたものの、心穏やかでない爽香だった。

3 祝い

「私、隠しごとはしないことにしてるの」

お昼休み、喫茶店でサンドイッチをつまみながら新聞を読んでいた爽香のケータイが鳴った。

爽香が何かと世話になっている大女優、栗崎英子（くりさきひでこ）からで、爽香が、

「どうも——」

と言いかけるのを遮って、英子はそう言ったのである。

「それはよく承知しておりますが」

と、爽香は言った。「新しい恋人でもできたんですか？」

英子は笑って、

「さすがにね、九十過ぎてデートするのは面倒くさいわ」

と言った。「あなたのことよ」

「私が何か失礼なことでも……」

「何言ってるの。連休明けたら誕生日でしょ」

「あ……。はい、そうですが」

「切りがいいじゃない。五十のお祝いをしましょう」

爽香はちょっと咳払いして、

「栗崎様、お言葉ではございますが、私、今度四十九になるんですけど」

「分ってるわよ、そんなこと」

「でも――」

「こっちの年齢を考えて。来年まで生きてるかどうか分らないでしょ。だから今年、一つさばを読んで、お祝いしましょ、ってこと」

「そんな……」

英子らしい無茶な発想だが、爽香は逆らえない。

「お言葉通りに……」

と言うしかなかった。

「あなた、昨年、私の〈卒寿の祝〉をしっかりやってくれたから、今度は私がお礼をするわ。〈人生、半世紀のお祝い〉ってどう?」

「何だか、凄く年齢とったみたいに聞こえますけど」

と、爽香はささやかな抵抗を試みた。

「すべて私に任せて。いいわね？」

「はあ……。どうぞお気持のままに」

「よろしい！　じゃ、早速国立競技場を予約しましょう。――冗談よ」

「ちょっと焦りました」

「細かいことは、あなたの可愛い部下の久保坂あやめちゃんと詰めることにするわ。ちょっとあやめちゃんを借りるけど、よろしくね」

「はあ。それより――久保坂のご主人の堀口豊様が今年で九十九で〈白寿の祝〉の年です。そちらもご一緒に……」

「だめだめ。堀口さんの方は、それはそれでしっかり考えましょ。今度のは、あくまであなたの会。覚悟して」

「栗崎様」

「なあに？」

「まさか、五十歳記念に、新しい殺人事件とか私にプレゼントしよう、なんて考えてらっしゃらないですよね」

「それ、面白いわね。でも、私がプレゼントしなくても、事件の方からやって来るのと違う？」

「やめて下さい。栗崎様がおっしゃると、本当になりそうで怖いです」

半分本気で、爽香は言った。——通話を切ってから思い出した。

あやめが、爽香について調べているらしい人間がいる、と言っていたことを。

またケータイが鳴って、

「——涼ちゃん、どうしたの？　——え？」

「子供ができたんだ、なごみに」

と、涼がちょっと照れたように言った。

「まあ！　それはおめでとう。——なごみちゃんは大丈夫？」

「うん、元気だ」

「でも、用心するのよ。安定期に入るまでは無理をしないで」

そう言ってから、「なごみちゃんなら、何もかも分ってるわね」

「それでね……。一応入籍して、それから時期をみて結婚式を……」

「待って。そんな話、電話じゃ。今夜会える？　——九時ごろ？　いいわ。それじゃ、何か軽く食べながら話しましょ」

ちゃんと他の人にも知らせておくのよ、と念を押した。

「涼ちゃんが父親か……」

つい、しみじみと呟いてしまう爽香だった。

「杉原さん」

と、いつもの明るい声がして、杉原珠実は、はい、と返事をして足を止めた。

「まだ帰らなかったの？　クラブ？」

と、里谷美穂は言った。

里谷美穂は、中学一年B組の担任教師である。そこは杉原珠実のクラスだった。

「いいえ。図書館に返す本があって」

と、珠実は答えて、「ついでに、借りる本を選んでたので、時間かかっちゃって」

「杉原さんは本が好きね。いいことだわ」

「何か用ですか、先生？」

「ええ、そうなの。悪いけど、本や資料の段ボール、運ぶの、手伝ってくれる？」

「はい、もちろん」

空っぽの教室に、手押しの台車に段ボールがいくつか載せてあった。

「押すのは私がやるから」

と、里谷美穂は言った。「ただ、積んだ段ボールが、ちょっとバランス悪くて、崩れそうなの。あなた、崩れないように押えててくれる？」

「分りました。——できるかしら」

「ゆっくり押して行くから」

本や書類は重いものだ。里谷美穂は、台車を押すのに、自分の体重をかけなくてはならなかった。

それでも、一旦動きだせば車輪が付いているから、そう力を入れなくても大丈夫だった。

珠実は台車の脇に立って、段ボールがグラつくのを何とか押えていた。

「そうそう、この調子」

――里谷美穂は今二十九歳。独身で、童顔なので若く見える。三年生の男子生徒などは、美穂より背が高かったりして、

「先生、可愛いね」

などと言われていた。

「――もう少し。その向うの物置に入れるの」

「はい」

台車が、物置の少し手前にあるドアの前を通ろうとしたとき、いきなりドアが開いて、中からワイシャツにネクタイの男性が飛び出して来て、目の前の珠実にもろにぶつかった。

「キャッ！」

珠実は尻もちをついてしまい、積んであった段ボールの一つが落っこちた。

「あ、ごめん！」

と、その男性はひどくあわてた様子で、「大丈夫？」

「織田先生、気を付けて下さいよ」

と、美穂が言った。「その段ボール――」

「あ、分った。載せればいいんだね」

ヒョロリとやせた織田は、段ボールを持ち上げるのに苦労していたが、何とか上に載せると、

「ごめんね。急いでたんで……。じゃ、これで」

大判の封筒を手にして、織田は駆け出して行ってしまった。

「何をあわててるのかしら」

「コピー、取ってたんですね」

「え？」

織田が飛び出して来た小部屋は、コピーやファックスの機械が置かれている。ドアが半ば開けたままで、中のコピーの機械が作動する音がしていた。

「ああ、そうね。何かよほど急ぎだったのね」

「何枚もコピーすると、最後の一枚、コピーだけ取って、原稿を忘れちゃうことがあるんですよね」

と言うと、珠実は中のコピー機へと駆け寄って、「――ほら、あった！」

最後の一枚が、コピー機に残っていたのだ。

「まあ。杉原さん、凄いわね。織田先生、後で焦るわ。――私が渡しておきましょ」

何か文字ばかりの一枚を、珠実から受け取ると、美穂は折りたたんでポケットへ入れた。

「さ、運んでしまいましょ」

「はい！」

二人は物置へと台車を入れ、段ボールを一つずつ下ろして並べた。

「どうもありがとう。後は先生がやるわ」

と、美穂は額の汗をハンカチで拭くと、「悪かったわね、手伝わせちゃって」

「ちっとも！」

と、珠実は笑顔で、「男の子が居残ってたら、きっと手伝いたがったと思いますよ」

「あら、どうして？」

「だって、里谷先生、三年生の男子の憧れの的だもの」

「まあ、本当？　知らなかったわ」

と、美穂はちょっと目を見開いて、「学校のことで手一杯。生徒の考えてることなんか、さっぱり分らないわね」

「うちのお母さんは、里谷先生のこと、とてもほめてましたよ」

「ありがとう。――そういえば、あなたのお母さんって、とても有名な人なんですってね」

「有名っていうか、危い目に年中あってるので、自分でもよく生きてるって言ってます」

「そうそう。先生、去年〈リン・山崎展〉を見に行ったんだけど、入口の正面に飾ってあったのが……」

「はい。杉原爽香、私のお母さんです」

「あのとき、見ていた人が、『殺人事件を解決したのよね』って話してたけど、お母様のことなのね」

「そうです。私も巻き添えになりかけたり」

「まあ、物騒ね。じゃ、気を付けて帰って」

「はい。失礼します」

「お疲れさま」

――とても礼儀正しくて、気持のいい子だわ、と美穂は思った。

「さて、と……」

段ボールをきちんと並べると、美穂は空の台車を押して、廊下へ出た。

「そうだ」

ポケットに入れておいた、コピー機に残っていた一枚の紙を取り出して、「——何かしら」

と、開いてみた。

もちろん、最後の一枚だけでは、何のことやら分らないが。

台車を押しながら、美穂はその紙に書かれたことを、読んで行った……。


「じゃ、乾杯」

と、爽香がグラスを上げる。

ジンジャーエールである。

「当分はアルコールとお別れ」

と、なごみが言った。

「僕も控えないとな」

と、涼が言った。

シンプルなパスタの店で、三人はテーブルを囲んでいた。

「それで、爽香おばちゃん、一緒に住むことになるんだけど、僕の家になごみに来てもらうことにしようかと思ってる」

と、涼が言った。

爽香の実家には、今、母真江と、綾香、涼、瞳の三人の孫たちが暮している。涼たちの両親はどちらも亡くなっているので、なごみが来るのは一向に構わないのだが。

「それはもちろんありがたいけど」

と、爽香は言った。「なごみちゃんはそれでいいの？」

「そうですね。――正直言うと、涼君と二人で暮せたら、と思います。でも、今は収入が。涼君もフリーカメラマンですから、決った収入があるわけじゃないし」

「あなたは産休が取れるの？」

「はい。産休取ってから復帰してる人もいるので、大丈夫です。ただ、休みの間は収入が下りますし……」

本音もちゃんと話してくれるのが、なごみのいいところである。

「母ももう年齢だから、何かとなごみちゃんに頼むことが多くなるかもしれない。もちろん、家には瞳ちゃんもいるから、手伝ってくれるわ」

「はい、それはもう……」

「ただね」

と、爽香は言った。「綾香ちゃんは、ほとんど夕飯どきには帰って来ない。それに、年齢からいって、結婚して家を出て行く可能性もあるわ」

「そうですね。そのときはそのときで……」

「そうね。先の心配ばかりしていても仕方ない。ともかく、今はなごみちゃんが無事お母さんになること。――お母さんに言った？」

「おばあちゃんには電話した」

と、涼が言った。

「何か言ってた？」

「曽孫の顔が見られるなんて、思ってなかったわ、って」

「そうか」

と、爽香は笑って、「まだ当分元気でいてもらわなくちゃね」

涼が父親になる。もう今年二十七歳になるから、少しもふしぎなことではないのだが、両親を失った涼たち姉弟にとって、爽香は叔母というより母親に近い感覚で、頼られていた。

「涼ちゃんも、しっかり仕事してちょうだい」

「うん。――何か定期的な仕事が入るといいんだけどな」

「そううまくはいかないわよ」

と、なごみが言った。「でも、私は涼君の才能を買ってるの。お金のために、変な仕事に手を出して、才能をすり減らさないで」

同い年ではあるが、タイプとして、なごみの方が「お姉さん」である。涼をうまく制御してくれるだろう。

爽香は、大して心配していなかった……。

4 兄妹

「杉原爽香？　誰だ、それ？」

と、兄の三田村健児が言った。

「知らないわよ。お祖父ちゃんがそう言っただけ」

と、奈美は肩をすくめた。

「まさか……」

と、健児は呟くように言った。

「まさか？　何よ？」

「いや、祖父ちゃんの隠し子とか――」

奈美はふき出しそうになって、

「あのお祖父ちゃんが？」

「分らねえぞ。そりゃ、今はもう八十七だけど、若いころは遊んでたんだろ」

「知らないくせに、勝手なこと言って」

「だけどよ、どこの誰かも分らない奴に遺産をごっそり持ってかれたら——」

「お兄さん！　お祖父ちゃんはまだ元気なんだよ」

「分ってる。まだ当分死なないよな」

と、投げやりな感じで言うと、健児はソファに寝そべって、「お前だって、結婚でもしてみろ。亭主や子供のために、少しでも金が欲しいと思うようになるさ」

「おあいにくさま。そんな予定、全然ないから」

——三田村家のマンションである。

広々としたリビングで、三田村奈美と兄の健児が話している。

八階建マンションの最上階。フロア全部が三田村家で、二人の母親、三田村麻子と健児、奈美が暮している。健児は次男で、上に長男の三田村克郎がいるが、今はニューヨークだ。

母、麻子は一度結婚して家を出たが、奈美が生まれて一年ほどして夫が事故死。旧姓に戻っていた。

夫の生命保険と、父親朋哉のお金で、このマンションを建てた。

だから、この八階建のマンションは、三田村家のもので、八階以外のフロアは賃貸マンションになっている。

「——お袋に話したのか？」

と、健児が訊いた。

「何も。だって会ってないもの」

「ゆうべいなかったよな」

「いつもの奥さんたちと温泉にでも行ってるんじゃない？」

「呑気だな」

「人のこと言える？」

このマンションの家賃収入だけで充分やっていけるので、母、麻子は思い切り趣味の世界に生きている。

「お兄さんはどうなの？」

と、奈美は言った。「彼女の一人や二人いるんでしょ」

「忙しいんだ」

と言いながら、ソファに寝そべっていては説得力がない。

「そういえば、三階の女の子――ほら、いつも名門女子校のブレザーでエレベーターに乗ってくる子、いるじゃない」

「そうだっけ？」

「今、小学三年生だったかな。会うと、きちんと挨拶して、感じのいい子よ。あの子がお兄さんに荷物持ってもらったって。『ありがとうございました』って言われて、ちょっと焦ったわ」

「そんなことがあったかな」

「あの家は確か、母親とあの子の二人なのよね。お母さんが、『誰か偉い人の愛人なんじゃない？』なんて言ってたけど、勝手にそんなこと決めつけちゃ失礼よね」

奈美のケータイが鳴った。「あ、今日子だ。――もしもし？　――うん、大丈夫よ」

大学時代からの友人と話しながら、奈美はリビングを出て行き、健児はちょっとその後ろ姿を眺めていた。

大丈夫だ。何も気付いちゃいないだろう。

その名門女子校のブレザーの女の子。――折田愛美。

忘れられやしない。――そうだとも。

「へえ、なごみちゃん、赤ちゃんが生まれるんだ」

と、珠実が風呂上りの、パジャマ姿で言った。

「でも、まだ人に言わないのよ」

と、爽香は釘を刺した。「安定期に入ってからならいいけど」

「うん、分ってる。口は固いよ」

珠実はバスタオルで濡れた髪を拭いながら、「今日、放課後に、里谷先生のお手伝いしちゃった」

「ああ、あの可愛い先生？　里谷美穂っていったっけ」

「何の手伝いをしたんだ？」

と、明男がソファに寛いで言った。

珠実は状況を説明すると、

「美穂先生、お母さんのこと、凄く有名な人なのね、って言ってた」

「え？　どうして？　いやだわ。珠実ちゃんはしゃべってないでしょうね」

「うん、言ってない。でも、誰かから伝わるんだよ、こういう話は」

と、分ったような口をきくのがおかしい。

「ともかく、必要なこと以外、お母さんの話はしないでね」

と、爽香は念を押した。

「あれ？　私のケータイ」

珠実のケータイに着信する音がした。駆けて行って、取って来ると、

「美穂先生からだ。——はい、杉原です」

「杉原さん？　里谷だけど」

いつになく、緊張した声だった。

「先生、何かあったんですか？」

「いいこと、よく聞いて。今日、コピー機の所で、一枚置き忘れて行ってたでしょ、織田先生が」

「ええ、憶えてます」

「あのことは忘れて」

珠実はちょっと面食らって、

「先生、どういうこと？」

「何でもいいの。ともかく、あの一枚を見付けたことは忘れてちょうだい」

ひどく真剣な口調だった。

「——分りました」

「誰にも言っちゃだめよ。いいわね」

「はい」

「それじゃ」

ひどくせかせかと切ってしまう。

「——どうしたの？」

と、爽香が訊いた。

「美穂先生、様子が変だった」

「それって……」

「聞いて」

珠実は、コピー機に一枚残されていた書類らしいもののことを、爽香に話した。

「よく、そんなことに気が付いたわね」

「さすが、母さんの娘だな」

と、明男が言った。

「でも、私は何も読んでない。美穂先生にそのまま渡しちゃった」

「先生はそれを読んだわね、きっと」

「でも……」

今の美穂の電話について珠実から聞くと、爽香は、

「たぶん、それって、部外秘の書類の一枚だったんじゃない？　きっと美穂先生は、あんまり知っちゃいけないことを読んでしまったのよ」

「忘れた織田先生がいけないのにね」

「織田先生って男の人？　どういう人か見憶えないけど……」

爽香は首を振って、「ともかく、珠実ちゃんは、先生の言うように、何も知らないってことにしておけばいいわ。先生がそうおっしゃるんだから」

「うん、分った」

と、珠実は肯いて、「でも、大丈夫かなあ」

「何が？」

「美穂先生、何だか――怖がってるっていうか怯えてたみたいだ」

「おい、お母さんの二代目を継ぐのか？　勘弁してくれよ」

と、明男が苦笑した。

「珠実ちゃんが、そう聞いたってことは大切なことよ」

と、爽香は言った。「よく憶えておきなさい。もちろん、とんでもない事件にはつながらないだろうけど……」

でも、爽香は気になった。同時に、娘が危険なことに巻き込まれることだけは避けなければ、とも思っていた……。

爽香のケータイが鳴った。

「栗崎様だわ。――はい、杉原です。――え？」

「今、救急車なの」

大女優の声はしっかりしていた。

「どうなさったんですか？」

「M大病院に向ってる。私のよく知ってる腎臓の先生がいるの。来られる？」

「はい、すぐに出ます。M大病院ですね」

聞いていた明男がすぐに車のキーを手に取る。

「栗崎様、話してらして大丈夫なんですか？」

「もちろん。倒れたのはしのぶちゃんなの」

「は……」

長年、栗崎英子のマネージャー兼付き人をつとめて来た山本しのぶが倒れたというのだ。

「私のために、ずいぶん無理したからね。そろそろ辞めたら、って言ってたんだけど、ちっとも聞かなくて」

「じゃ、すぐこちらも向います」

「よろしくね。向うで会いましょう」

――爽香の話を聞いて、

「マネージャーが急に倒れたか。よし、こっちも出かけよう」

「珠実ちゃん、寝ていてね」

「うん。でも――私も心配。メールで知らせて、様子」

「そうするわ」

爽香は、珠実のおでこにチュッとキスして急いで仕度をした。

両親が出かけて行くと、珠実は玄関の鍵をかけて、

「忙しいや、うちの親は」

と呟いた。

自分の部屋に入って、ＣＤでも聴こうかと思っていると、ケータイにメールが着信した。

お母さんにしちゃ早過ぎる。

「あれ？」

里谷美穂からだ。メールなど来たことがないのに。

しかも、それはタイトルもなく、本文はただひと言、〈柱の下〉とだけあった。

何のことだろう？　間違って送ってしまった？

少し待ってみたが、それきりだった。

珠実は、何となく今は何もしない方がいいような気がして、ケータイを手の届く所に置いた。

「奈美なんか、選り取り見取りでしょ、いいわねえ」

年中言われつけていると、腹も立たない。

「まあ、そうね」

否定するのも面倒なので、「ただ、選ぶ相手に、ろくなのがいない」

ワイングラスを手に、

「デザートにする？」

女子大時代の友人たち三人と、高級フランス料理のテーブルを囲んでいる。

卒業して二年だが、この四人、一人も就職していない。呑気な立場なのだ。

こういう会食は、たいてい三田村家の通い慣れたレストランなので、支払いは奈美が（というより親のカードで）持つことが多い。しかし、仲間たちも、充分豊かなので、誰が払おうと大して気にしないのだ。

「ここは桜の時期はきれいなのよね」

と、一人が言った。

レストランの敷地に広い庭があり、桜の木が何十本もあって、満開になると、夜間、照明に桜が浮かび上るのだ。

もう桜は散ってしまっていたが、それでも芝生と花壇の花を眺めに、食事の後、庭へ出て散歩する男女が少なくない。

「ね、あれ、明らかに不倫だね」

と、一人が小声で言った。

「どれ？　――ああ、あの白いドレスの？　本当だ。どう見ても年齢差十五歳」

「放っときなさいよ」

と、奈美は言って、「ね、デザートとコーヒーを」

と、オーダーした。

奈美は、あまり他人の情事や色恋に関心がない。奈美自身、あまり本気で人を好きになったことがないせいかもしれない。

「あのドレスの子、うちの学生じゃない？」

と、一人が言った。

自分はもう卒業しているのだから、後輩ということになるが。

「本当？　あんな子、いた？」

「ほら三年下で、チアガールのクラブにいた……」

「ああ！　本当だ！」

他の三人が盛り上っているので、奈美もそのカップルへと目を向けた。

しかし——奈美が見たのは、ドレスの女性の方ではなく、彼女と腕を組んでいる、少し額の禿げ上った男の方だった。

あれって……。

ちょっと笑って、何か彼女に話しかけている、その男。

間違いない！　——お兄さんだ！

健児の上の長男、三田村克郎に違いない。しかし、克郎は今、ニューヨークにいるはずだ。

ここで何してるの?

訊いてやろうにも、友人たちの前で、しかも、後輩の大学生とデートしている……。

とりあえず、奈美は前に置かれたデザートをアッという間に平らげてしまった……。

5 交　錯

三田村奈美は、デザートを食べ終えると、化粧室に立った。

そして女性化粧室から出て来ると、隣の男性化粧室から、ニューヨークにいるはずの兄、克郎が出て来たところで、

「ご帰国おめでとう」

と、奈美が声をかけると、

「え？」

と、克郎は奈美を見て、愕然とした。「お前……。どうしてここに……」

「何言ってんのよ。それはこっちのセリフでしょ」

と、奈美は言った。「ニューヨークにいるんだとばっかり思ってた」

「ああ……。ちょっと用事で帰って来たんだ」

「家にも寄らないで？　どんな用事なの？」

「な、俺に会ったこと、黙っててくれ。頼むよ」

と、克郎は奈美の肩を叩いて、「二、三日したら、家に行くからさ」

「いいけど……。一緒の子、私の大学の後輩でしょ。どういう仲？」

「それは偶然なんだ。本当だよ。それに、たまたま今夜一緒だっただけで、特別の仲じゃないんだ」

まあ、克郎は三十四歳だが、独身で、誰と付合おうと奈美の知ったことではない。

「分ったわよ。でも、ちゃんとお母さんにも話してよ」

「ああ、分ってる」

奈美としても、友人たちと一緒だ。ここで兄ともめたくはなかった。

テーブルに戻った奈美は、コーヒーを飲むと、その後の話を短く切り上げた。いつもならダラダラと一時間は軽く続く。

あえて、兄たちのテーブルへは目をやらないようにした。一緒の子の中には克郎と会ったことのある子もいたはずだが、顔を憶えていなかったのだろう。

「——じゃあ、展覧会の詳しいことはメールで」

「うん、待ってる」

遊ぶことにかけては、みんな負けず劣らずベテランである。

「今日は任せて」

奈美が、クレジットカードをウエイターに渡す。

「三田村様、いつもありがとうございます」

名前を言われて、ちょっとドキッとした。克郎と一緒の子の耳にも入っているかもしれない。

テーブルでの精算なので、待つしかない。

二人が化粧室に立ち、一人はケータイをかけにテーブルを離れた。

一人になった奈美は、斜め後ろに誰かが立ったのを感じた。

「三田村奈美さんですね」

振り向くと、克郎の連れの女の子だ。

「ええ、あなた、後輩よね」

「仁田みすずといいます。四年生です」

「チアガール、やってなかった？　憶えてるわ」

「全国大会のメンバーから外されて、やめました」

いかにも飛びはねていそうな筋肉の弾力を感じさせる体つき。顔立ちは色白で、少し暗い印象がある。

「お兄さんは――」

「今、ケータイをかけに、庭に出ています」

「兄はニューヨークにいるはずだったのよ。びっくりしたわ」

「申し訳ありません。私と会えなくなるので、帰国されたんです」

「あなたがどこかへ行くの？」

「結婚するんです」

奈美はちょっと面食らった。

「それって……」

「故郷の旅館を継ぐと、子供のころから決っていて。そこの番頭さんと結婚することに」

「今どき珍しい話ね」

と、ろくに考えずに言ったのだが、

「でも——私、帰りたくないんです」

と言う声は震えていた。「お願いです。相談に乗っていただけませんか」

「でも、兄が——」

と言いかけたが、後輩の頼みを放っておくわけにはいかない、という気になった。

「じゃあ……これ、私のケータイ番号、ここへかけて」

と、早口で言って、「みんなが戻ってくるわ」

「はい！　ありがとうございます！」

仁田みすずは、急いで自分たちのテーブルに戻って行った。直後、克郎が、

「ニューヨークは遠いな」

と、グチりながら席に戻る。

「ごめんなさい」

自分のせいで帰国させてしまった、と思っているのだろう。聞いていて、奈美は、

「彼女に気をつかいなさいよ！」

と、兄を叱りたくなった。

「いや、どうってことないんだ。ただ、時差があるからさ」

と、克郎は席について、「もう一杯コーヒー飲んでから出ようか」

明らかに、奈美たちと一緒になりたくないと思っている。

ま、いいや。――あの仁田みすずと一度話してみよう。

「お待たせいたしました」

カードのサインをして、ちょうどみんなが戻って来たので、奈美は、

「じゃ、行きましょ」

と、席を立つことにした……。


「しのぶさん、どう？」

と、爽香はベッドの山本しのぶに声をかけた。

「まあ、爽香さんまで……。申し訳ありません」

熱があるのか、頰が赤く染っている。

「働き過ぎですよ。少しのんびりするといいわ」

しのぶは、明男や、話を聞いて駆けつけた久保坂あやめの姿まで見ると、

「皆さんに見送っていただけるなんて……。私は幸せです……」

と、涙ぐんだ。

「ちょっと！」

と、栗崎英子が顔をしかめて、「私より三十以上も若いくせに何言ってるの。私があんたをこき使ったみたいに聞こえるじゃない」

「栗崎様……。私のような至らないマネージャーを、よくクビにもせずに……」

「どういたしまして。おかげさまで、こっちはお休みなく働かせてもらったわよ」

と、英子が言い返した。

「でも、もうだめです……。私、そんな気がするんです。でも、もう何も悔いはないと……」

「困りますわ」

と、あやめが言った。「チーフの誕生日パーティの細かいことも詰めなきゃいけないのに」

「それは栗崎様が……」

そこへ、

「おや、ずいぶん人気者なんだね」

と、白衣の白髪の医師がやって来た。

「どうも、先生」

と、英子が挨拶して、「山本は相当重症だと思い込んでるんですけど、あとどれくらい生きられそうですか？」

「どれくらい？　そうだね。ま、せいぜい三、四十年かな」

「は？」

と、しのぶが目を見開いて、「私、腎臓がもう――」

「うん、腎盂炎だ。女性はよくやるんだよ。今はいい薬がある。まあ、一週間ぐらい、休息がてら入院したら？　栗崎さんのマネージャーじゃ、大変だろ」

数秒間、ポカンとした間があって、

「分った？　一週間休みをやるから、おとなしく寝てなさい」

と、英子が言った。「私がよっぽどひどい雇い主だって評判になるんじゃいやだものね」

「――すみません」

と、しのぶが謝ったのが、妙に間が抜けていて、みんなが笑ってしまった。

「点滴しますから、ぐっすり眠れますよ」

と、ベテランの看護師が言った。

かくて——あまり深刻なことにもならず、英子と爽香たちはM大病院を出た。

そのまま別れるのも——というわけで、英子の行きつけのホテルのバーに寄って、みんなでグラスを傾けることになったが——。

「良かったわ」

と、英子が軽いカクテルを飲みながら、「しのぶちゃんが殺されでもしたら、また爽香さんの事件簿に一ページ加わることになったものね」

「やめて下さい」

と、爽香は抗議した。「今年は何ごとも起らない、平和な一年にしたいと決心してるんですから」

「むだだと思うわよ」

「栗崎様——」

「ねえ、あやめちゃんはどう思う?」

「私はもう諦めてますから」

と、あやめが言った。「私はいつかチーフの身代りに、機関銃の弾丸を浴びて死ぬんです」

「ちょっと！　ギャング映画じゃあるまいし！」

と、爽香が顔をしかめた。

みんなが笑った。——山本しのぶが、心配するような重症でなかったことに、誰もが安心していたのだ。

そう。——しのぶさんとも長い付合いよね、と爽香は思っていた。

「〈柱の下〉？」

と、爽香が言った。

「うん。——これ、見て」

珠実がケータイを爽香に見せる。

「本当ね。里谷先生からのメールが、〈柱の下〉だけ？」

「何だか気になって」

と、珠実は首をかしげた。

「でも——他の人に送ろうとして、間違えたのかも」

爽香はそう言ったが、それもありそうにないことだと分っていた。

「明日、先生に訊いてみるよ」

と、珠実は言って、「おやすみなさい」

「おやすみ」

パジャマ姿の珠実に、ちょっと手を振って見せると、爽香は欠伸をした。

「ホッとすると、眠くなるわね」

「今日はもう寝ろよ」

と、明男が言った。「先に風呂へ入って。俺は後でいい」

「でも――どうせやることがあるから」

「仕事か？」

「そういうわけでもないけど――。個人的なメールでも、返事しとかなきゃ、って相手がいるでしょ」

「まあ、そうだけど、今夜でなくたって」

「一日遅らせると、明日は二倍返信しなきゃいけなくなる。――お風呂に入って、目を覚ましてからやるかな」

「風邪ひくなよ」

爽香は、まだあまり冷めていないお風呂に追いだきして、入ることにした。

裸になって、ザッとお湯を浴びると、バスタブに浸る。

入っている内に、お湯が熱くなって来て、ゆっくりと手足を伸して目を閉じた。

ああ……。このまま眠ったら、溺れちゃうわね、などと考えていると――。

「――お母さん」

珠実がドアを開けて、入って来た。びっくりして、

「どうしたの？」

「何だかおかしいの、私のケータイに……」

珠実がケータイを握っている。

「おかしいって？」

「里谷先生のケータイからかかって来てる」

「何か急用？」

「それが、様子が変なの」

爽香はバスタブから出ると、タオルで手を拭いて、珠実のケータイを受け取った。

「もしもし、杉原です。――もしもし？　里谷先生ですか？」

かすかに、だが、低く呻くような声が聞こえた気がした。しかし、言葉になっていない。

「――先生？　聞こえますか？」

と、声を大きくして呼びかけると、

「杉原さん……」

と、かすれた声がした。

「先生、珠実の母です。どうしたんですか？」

「ああ……ごめんなさい……」

と、里谷美穂は呻くように言った。

「娘さんに……気を付けて……」

「先生、今どこにいるんですか？」

と、呼びかけると、

「車が……逆さになって……」

爽香は息を呑んだ。

「今いる所は？　どの辺か分りますか？」

「〈K公園〉の……裏……」

「〈K公園〉。──知ってる？」

何ごとかと覗きに来た明男へ訊くと、

「〈K公園〉？　この前、学校で──」

「お花見に行った公園だよ」

と、珠実が言った。「〈S橋通り〉の近くの」

「うん、場所は分るぞ」

と、明男は言った。

「先生？　――切れた」

爽香は、明男に、「〈K公園〉の裏で車の横転事故って通報して！　通報がダブっても構わない」

里谷美穂自身が通報しているかもしれないが、今の電話の様子では判断がつかない。

爽香は急いで服を着た。

「夜なら二十分だろう」

明男が車のキーを手にして言った。

「私も行く！」

珠実がパジャマから着替えて来て言った。

「分ったわ。行きましょう」

三人は急いで家を飛び出した。

6　救　助

明男の運転する車が現場に着いたときには、パトカーと救急車が停(と)まっていた。

「先生、大丈夫かな……」

と、珠実が呟いた。

もちろん、両親だってそんなことは分るわけがないと承知しているのである。

車を停めて、明男は現場にいた警官へと駆け寄ると、

「通報した者です」

と言った。「どんな具合ですか？」

返事を聞くまでもなく、とんでもないことになっているのは、一見して分った。

桜並木の道から、急な斜面が下の川へと落ち込んでいる。その途中に、逆さになった小型車が見えていた。

「乗っている人は……」

と、爽香が言った。

「まだ中です」

と、警官が言った。「車がいつ川へ落ちるか分らないんですよ」

「でも――」

「今、消防の人がこちらへ向ってますから」

わざわざ「車の横転事故」と伝えたのに、と思ったが、今そんなことを言っていても仕方ない。

珠実が、歩道の縁ぎりぎりの所まで行って、

「先生！　頑張って！」

と、声をかけた。

「珠実ちゃん！　危いよ、そんな端に寄ったら」

爽香はあわてて珠実の手をつかんで引き戻した。

小型車は歩道へ乗り上げてから、土手の斜面に落ちないように作られた柵を突き破って転り落ちたようだった。

「どうしてこんなことに……」

「相当スピードを出してたな」

と、明男が言った。「でなきゃ、柵をこんな風に突き破ったりしないだろう」

「でも、どうして先生がそんなにスピードを？」

と、爽香は言って、「――追われてた？」

「そうだな。そうとしか考えられない」

「でも、中学校の先生がどうして……」

と言いかけて、「先生がケータイで言ったわ。『娘さんに気を付けて』って」

「先生が何かに巻き込まれたのか？　それに珠実も？」

「ああ……。勘弁してほしい！」

と、爽香はため息をついた。「私のせいみたいじゃないの！」

「しかし……あれじゃ、車がいつ川へ落ちるか分らないぞ」

明男は警官へ、「中の人を引張り上げることはできないんですか？」

と訊いた。

「考えましたが、斜面の土が崩れかけてるんです。近付こうとしたら、体の重みで、土砂が……」

「そうか。――消防車は？」

「もう来るはずですが」

明男は、爽香の所へ戻って、

「今はどうしようもないな。救助が間に合ってくれるといいが……」

「先生の意識があるかどうか……」

と言って、爽香は左右へ目をやった。

「珠実ちゃんは?」

「いや……そこにいたのに……」

「珠実ちゃん!」

と、爽香が呼ぶと、

「お母さん! ここだよ!」

珠実の声は、下から返って来た。

「——何やってるの!」

爽香は、我が子が斜面を下りて、車のそばにいるのを見て愕然とした。

「私なら軽いから、大丈夫! ね、先生を引き上げるもの、何か投げて!」

「もう! 何てこと! ——何か、ロープのようなもの下さい!」

爽香は大声で叫んだ。

警官があわててパトカーのトランクを開けると、洗濯物を干すビニールの紐を巻いたものが出て来た。

「貸せ」

明男が紐を二本に切ると、それぞれの先を輪にして、

「珠実! 輪になった紐を投げるぞ! 二本あるから、先に一つを自分で脇の下へ通

せ！」

「分った！」

ほんの数メートルだが、明男の体重がかかると土が崩れかねない。投げたビニール紐の輪を、珠実は頭からかぶって脇の下につけた。

爽香がその一本の端を手にしっかり巻きつけた。

「先生！　しっかりして！」

と、珠実が車の中へ呼びかけた。

それまで呆気に取られて見ていた警官が、あわてて駆けて来ると、

「僕が持ちます！」

と、珠実の体へつながるビニール紐をつかんだ。

「ありがとう」

爽香もホッとして、紐を一緒につかんだ。

救急車の隊員も駆けて来ると、

「大丈夫ですか？」

「ともかく、娘があそこまで下りて行ってしまったので……」

「――先生！　目を開けた！」

と、珠実が叫んだ。「これ、つかんで！　輪を頭からかぶって！」

何とか意識があるらしい。

ドアは幸い半開きになっていた。中がどうなっているのか、爽香からは見えないが、ややあって、

「お父さん！」

と、珠実が下から叫んだ。「先生の体にはまったよ！」

「よし、引張るぞ」

明男のそばへ、もう一人の警官が駆け寄って、ビニール紐を一緒につかんだ。

紐がピンと張って、車の中から、里谷美穂の上半身が現われて来た。

肩の辺りが血に染っているのが分る。

「こっちも引張り上げるわよ！」

爽香が珠実へ声をかける。

「私、自分で上れるよ！」

と、珠実が言ったとき――。

車がグラッと揺れたと思うと、ズルズルと滑り落ちて行く。――里谷美穂は辛うじて車から外へ引張り出されていた。

車が川の中へと、水しぶきを上げて転落した。一瞬、誰もが息を呑んで、その光景を見つめていた。

「わあ」

と、言葉を発したのは、珠実だった。「映画みたい！」

——里谷美穂が救急車へと運び込まれているところへ、消防車がやって来た。

「本当にもう！」

爽香は声を上ずらせて、「家に帰ったら、お尻をぶってやるからね！」

と、珠実をにらんだ。

珠実は泥だらけになった手を、明男のハンカチで拭きながら、

「しょうがないよ。お母さんの娘だもん」

と言った……。


しかし——結局、珠実のお尻を叩くタイミングは失われてしまった。

救急車について、爽香たちは病院へ向ったのである。

斜面を下りた珠実は、手や膝をいくつかすりむいていた。

「——寿命が縮まったわ」

と、爽香は助手席でため息をついた。

「そうだなあ」

と、明男はハンドルを握る手を見て、「俺もてのひらの皮がむけてる。消毒してもら

おう」

「私だって……」

と、爽香は自分の手を見て、「私は何ともない。珠実ちゃんは軽いからね」

少し間があって、明男と爽香は笑ってしまった。

「珠実ちゃんを叱ってもしょうがないわね」

「これが最初で、やっぱり〈二代目爽香〉を継ぐのかな」

「歌舞伎役者じゃあるまいし」

爽香は苦笑した。

「あんまり無茶して、お母さんに心配かけるなよ」

と、明男が後ろの席の珠実へ話しかけたが、返事がない。

爽香は振り返って、

「呆れた。眠ってる」

「いい度胸だ」

「まあね……」

爽香もそれ以上、何も言う気になれなかった。

——病院に着くと、里谷美穂はもう傷の手当に入っていた。

「肩に深い傷が」

と、看護師が話してくれた。「出血を止めて、とりあえず痛み止めを」

「よろしくお願いします。それと、この子のけがをちょっと診てやってくれますか」

「私、大丈夫だよ」

と、珠実が言った。

「でも、バイ菌が入るといけないから、ちゃんと消毒しましょうね」

と、看護師が微笑んで、「車の中にいた、あの女の人を助けたんですってね。救急車の人が感心してたわ」

珠実はちょっと嬉しそうに頰を染めた。

——爽香は一人で廊下の椅子にかけていた。

夫と娘は、かすり傷だが手当してもらっている。自分は一人、何ともない。

「いやになっちゃうわね」

と呟いた。

結局、私はいつも無事で、他の誰かがけがをしたり、危い目にあう。これって、私がいけないの？

お尻はぶたないでも、珠実には、「危険なことには係(かかわ)らないで」と、よく言い聞かせなくては。

いつも、今夜のように幸運が味方してくれるとは限らないのだから……。

「でも……里谷先生がどうして？」

珠実のことは一旦別にして、なぜ里谷美穂はあんなことになったのだろう？　明男が言ったように、かなりのスピードを出していたとして、本当に誰かに追われていたのか？

そう。——もしも、誰かが里谷美穂を追いかけるか、あるいは危害を加えようとしていたのなら、彼女が助かったことは、その誰かにとって、都合の悪いことになるだろう。

かなり深い傷を負ったという里谷美穂から今すぐ話を聞くことは難しいだろうが、これは警察に届けなくてはならない「犯罪」と言っていい。

「どうして、いつもこんなことになるの？」

と、爽香は嘆いたが、ともかく係ってしまった以上、仕方ない。

少しためらったが、爽香はケータイで久保坂あやめにかけた。

「——ごめんね、こんな時間に」

と、爽香は言った。「ちょっと……知らせておくことがあって。いえ、私が殺されそうになったとか、そういうことじゃないのよ。でも、黙ってたら、あなたに叱られるから——」

「今、どこですか？」

「病院にいるの。私は何ともないのよ！　ただ、主人と珠実ちゃんが、ちょっとかすり傷で手当をしてもらっていて……」

「どんな事件と係ったんですか？」

「うん、ちょっと……車が引っくり返って、川に落ちるところから、女の先生を助け出したの。珠実ちゃんの担任の先生でね。ひどいけがしてるけど、助かるとは思うわ。明日、ゆっくり説明するから――」

「どこの病院ですか？　すぐ行きます！」

「そう？　それじゃ待ってる……」

そう言われると思ったのよね。

――あの先生は、「娘さんに気を付けて」と言った。

それは、彼女が珠実に忘れるように言ったあの一枚のコピー原稿と関係があるのだろうか？

もしそうなら、何か学校の秘密を知ってしまったということか？　でも、中学校で、そんな重大な秘密があるとは考えにくいが。

学校そのものでないとしたら……。

「済んだよ」

と、明男と珠実がやって来た。

二人とも手に包帯を巻いている。

「痛かった？」

「ちっとも」

「じゃ――悪いけど、先に帰って、珠実ちゃんを寝かせてくれる？　ザッとシャワーも浴びた方がいいわね」

「お母さんは帰らないの？」

「忠実な部下が駆けつけて来るから、待ってるの」

「あやめちゃんか」

「そういうこと」

「分った。じゃ、先に帰ってるよ」

「私はタクシーででも。――早く寝るのよ」

と、爽香は珠実の頭をなでた。

二十分ほどすると、久保坂あやめが、怖い顔つきでやって来た。

「どうなってるんですか！」

訊いていると言うより叱っていると言った方が近い。

「落ちついて。座ってちょうだい」

説明するより、あやめをなだめる方が先だった……。

7 校庭

「相変らず甘党なんですね」

と、爽香は言った。「体に悪いですよ。太るし」

甘味の店で、クリームあんみつを食べているのは、爽香と長い付合いの松下である。

爽香は和菓子を食べていたが、今はこの手の店の「甘味」も、ずいぶん甘さを抑えるようになっている。

「――もうとっくに太ってる」

と、松下は言った。「人の心配より、自分の身の心配をしろ」

「してますよ。だからお会いしたかったんじゃないですか」

爽香は言い返した。

「それにしても派手な事件だな。車の転落から危機一髪の救出劇か」

と、あんみつを食べ終えて、紙ナプキンで口もとを拭くと、松下は言った。

「よくご存知ですね」

「あの騒ぎを、スマホで撮っていた奴がいる。ネットで流してるぞ」

「そんな……。油断も隙もありませんね」

爽香は眉をひそめて、「もしかして、私や珠実ちゃんの顔が分りますか？」

「いや、夜だし、離れてるからな。ぼんやりとしか分らない」

「それならいいですけど……」

――松下は、元は借金の取り立てなどをやっていたが、警察や役所に色々つながりを持っているので、それを活かして〈消息屋〉なる仕事を始めた。

行方不明になっているが、殺されたとは考えられず、放置されている人間などを、あらゆる人脈を使って捜し出す。

爽香は、犯罪に係るような出来事に出くわすと、松下の力を借りることが多かった。

また松下と爽香は妙に気が合うのだ。

「その、けがをした先生――里谷といったか。具合はどうなんだ？」

と、松下は日本茶を飲みながら言った。

「左の肩をかなりやられています。でも、太い血管がやられなかったので、大量出血しなくて助かったんです」

「運が良かったな。しかし、公立中学校の先生だろ？　命を狙われるような理由があるのか」

「お話しした、コピーの件ぐらいしか……。できたら、あの中学について、何か話がないか調べてみてもらえますか」

「分った。名門私立とは違うからな。却って面白い話が出て来るかもしれん」

「ともかく、珠実ちゃんを危い目にあわせたくないんです」

と、爽香は念を押すように言った。

「うん、その気持はよく分る」

「それを笑いながら言うんですか?」

と、爽香は松下をにらんだ。


「あーあ……」

人目もはばからずに大欠伸をして、三田村奈美はベッドから出た。

別に誰も見ているわけではないので、いくら欠伸をしても——それももうすぐお昼の十二時というころに起き出していても、一向に構わないのである。

「ええと……。今日は何かあったかしら」

と、手帳を開く。「オペラは明日よね。ピアノリサイタルは明後日と……」

じゃ、今日はのんびりしてていいんだ。

はた目には、いつだってのんびりしているが、当人は結構忙しいつもりでいる。

たっぷり三十分以上かけて、身支度すると部屋を出たが……。

「あれ？」

ピアノの音がしていた。――居間でステレオを聞いているのかしら？

いや、あれはどうやら生の音だ。居間にはグランドピアノが置いてはあるが、奈美は子供のころ、三か月くらい習っただけでやめてしまったので、ほとんど弾かれたことがないピアノだ。

「変ね……」

と呟きつつ、居間へ入っていくと、ピアノの響きに一瞬フワッと包まれたように感じた。

奈美は仰天して、

「叔父さん！」

と言った。

ピアノを弾く手を止めて、

「やあ、奈美か。美人になったたな」

と、その男性は言った。

「びっくりした！」

目が覚めてしまった。「いつ来たの？」

「一時間くらい前だ。誰もいないみたいだから、勝手に入った」

「久しぶりね！」

奈美はその男と軽くハグして、「いつパリから戻ったの？」

と訊いた。

三田村信行(のぶゆき)。――奈美の母、麻子の弟である。確か三つ違いだから、今五十五のはずだ。

「ひと月ぐらい前かな」

と、三田村信行はソファに寛いで、「それはそうと、この家には食べるものが何もないのか？」

奈美は笑って、

「突然やって来ても……。お手伝いの子は午後から来るの。たいていみんなバラバラに外食してるから、こういう状態になるのよ。――このマンションの裏のイタリアンのお店、叔父さん、知らないでしょ。私も今起きて、お腹空いてるの。食べに出ましょう」

「分った。相変わらずだな、この家は」

三田村信行は大柄で、がっしりした体格をしている。職業はピアニスト。

しかし、忙しくリサイタルなど開く生活を嫌って、三十代半ばにパリへ行ってしまった。

父、三田村朋哉にとっては長男である。一向に働く気のない息子にも、充分なお金を出してやっていた。ここしばらくは、二、三年に一度しか日本へ帰って来ない。

　叔父が何の用で帰国したのか、奈美はあれこれ想像した。

「——姉さんは相変らずか」

パスタを食べながら、信行は訊いた。

「お母さん？　ほとんど家にいないわ。今はたぶん……どこかへ旅行してる」

「おまえは今二十……」

「二十四よ。独身。結婚予定なし」

と、奈美は言った。「お祖父ちゃんに用だったの？」

「いや、まだ連絡もしてないよ」

「何だ、そうなの？」

奈美はアッという間にピザを食べ終えて、

「うちって、どうして変った人ばっかりなんだろ」

と、苦笑した。

「どうしてだ？　誰か俺の他にもいるのか、変ったことをやってるのが」

「克郎兄さんよ」

「克郎？　ニューヨークにいるんだろ？」

「それが、つい二、三日前に、友達と食事したレストランでバッタリ！　向うもびっくりしてたけど、いつの間にかニューヨークから帰って来てるのに、うちにも顔出さないし、お祖父ちゃんも知らないみたい。どこで何やってんだか」

奈美はそう言って、「ね、デザート、食べる？」

「うん？　――ああ、そうだな。俺はこれで充分だ」

と、信行はパスタの最後のひと口を口に入れた。

奈美がジェラートを頼み、信行はコーヒーを注文すると、

「克郎は何の用で帰ってきたか、言わなかったのか」

と訊いた。

「何も。ああ、若い女の子と一緒で。私の大学の後輩なんだけど、何だかちょっと面倒な関係みたいよ。そのことで帰国したようなことも言ってたけど、それは女の子の話だからね。兄さんははっきりしないの。会ったこと、誰にも言わないでくれ、とか言っちゃって」

と言って、奈美は澄まして、「私に黙ってろって言ったってむだだってことぐらい、分ってるはずなのにね」

しかし、なぜか信行は真顔で、

「そうか。克郎がニューヨークから帰ってるのか……」

と、ひとり言のように呟いた。

「叔父さん、帰ってからどこにいたの？」

「色々だ」

と、信行ははぐらかして、「今夜はマンションに泊めてもらうかな」

パリを自宅にしている信行としては、三田村マンションは「仮の宿」なのだろう。

「そうよ！　お母さんにメールしとくわ。一日ぐらいは早く帰って来るかもしれない」

奈美はケータイを取り出して、母、麻子にメールを送った。信行はそれを止めるでもなかったが……。

「――おい、奈美」

「うん？」

「今夜、暇か」

「今夜？　午前0時の前？　後？」

信行はちょっと笑って、

「十時ごろから出かける。付合ってくれ」

と言った。

「いいけど……。どこに行くの？」

「一緒に来てくれれば、それでいい」

と、素気なく言って、「ちゃんと朝までには帰すよ」

「いいわよ。――やっぱり叔父さんも変な人だ。三田村家の宿命なのかしらね？」

奈美はジェラートにスプーンを入れた。

「どうしたんだろ、先生？」

と、クラスの他の子に言われると、珠実は、

「よく知らないけど、何だかけがして入院したってよ」

と言った。

「ええ？　大丈夫なのかな」

――里谷美穂が「当分の間、お休み」ということは、朝のホームルームで初めて伝えられた。

代りに一年B組は田中先生という女の先生が代理として担任に当ることになった。

――田中礼子（たなかれいこ）という、今年度からこの中学へやって来たばかりの先生で、ずいぶん戸惑っている様子だった。

「ええと……いつもホームルームはどうやって進めてるの？」

と、一番前の席の子に訊いたりしている。

珠実は、クラス委員の子がすぐ隣の席なので、

「説明してあげなよ」

と、つついた。

「でも……」

あんまり目立ちたくない、というタイプのその女の子が渋っているので、珠実は手を上げて、

「先生、クラス委員の斉藤さんが分ってますから」

と、発言した。

「そう。じゃ、斉藤さん、お願いするわね」

と、田中先生はホッとしたように言った。

渋々という様子のクラス委員だったが、前に出ていくと、きちんと進行役をつとめている。――あんまり自分からは目立ちたくないけど、といって、目立つことが嫌いではないのだ。

珠実はそういう斉藤由香という子の性格をちゃんと呑み込んでいた。

席へ戻るとき、斉藤由香は珠実を見て、ちょっと微笑んで見せた。

――面倒くさいけど、可愛いや。

珠実は、斉藤由香と、何となく気が合っていたのだ。

そして、昼休みになって、給食を食べ終ると、珠実は校庭に出た。

そうのんびりする時間はないが、珠実はときどき一人になりたいと思うのだった。

幸い、よく晴れた暖かい日で、ゆるやかな風が心地よく顔を撫でて行った。

「——ね、珠実」

と、斉藤由香が校庭に出て来ると、「里谷先生のけがって、ひどいの？」

「え？　詳しいことは知らないよ」

あの出来事については、自分が直接係ったとは言えない。

ただ、負傷して入院したということは、朝から先生たちが話していたので、それを聞いたことにしていた。

「入院なんてね……。心配だわ」

と、斉藤由香が言った。「私、里谷先生、好きだもの」

「うん。いい先生だよね」

すると、足音がして、

「おい、杉原」

呼ばれて振り返ると、大股にやって来たのは、織田先生だった。

「はい。何ですか？」

「お前、里谷先生から何か預かってないか？」

「え？　何も」

と、首を振る。「どうして？」

「いや、それならいいんだ」

と、織田は言った。「お前、里谷先生と仲いいじゃないか。だからもしかして、と思ってな」

「先生と仲のいい子はいっぱいいますよ」

「そうだな。可愛いしな、あの先生」

「けがの具合とか、分ってるんですか？」

「どうかな。——午後に事務の人が、病院に見舞に行って話を聞いてくるようだ」

「じゃ、何か分ったら教えて下さいね」

「うん、いいとも。——じゃ」

織田は戻って行った。

「預けたもの、って何のことだろう？」

と、斉藤由香が言った。

「分んないよ、さっぱり」

と、珠実は言った。「教室に戻ろう」

それは、もしかしたら、あのコピー機に残っていた一枚の紙のことかもしれない、と珠実は思った。

里谷先生は、あれを織田先生に渡さなかったのだろうか？　そして、それを持っていたことで、里谷先生はあんな目にあうことになったのか。

でも、先生に言われたのだ。あのことは忘れるようにと……。

そう分っていても、珠実の好奇心は、抑えられないほど、ふくらんで来ていた……。

8　夜の仮面

「帰って来たと思ったら、また出て行くの？」

と、麻子は言った。「せっかく旅行を一日早く切り上げて来たのに」

「出て行くったって、ちょっとしたパーティに出るだけさ」

と、信行は言った。

「ちゃんと帰って来てよ」

と、麻子は念を押した。

「はいはい、任せて」

そこへ、居間の戸口に、イヴニングドレスの奈美が現われて、信行は一瞬目をみはった。

「これは……大したもんだ。いつの間に、こんな色っぽい女性になったんだ？」

「叔父さんがお世辞なんて珍しい」

「本当さ。パーティに同伴してもおかしくない」

信行はタキシードを着ていた。ヨーロッパでの暮しが長いせいか、みごとに着こなしている。

「じゃ、行くか」

「ええ」

二人は軽く腕を組んで、玄関を出てエレベーターへ。この八階へは直通のエレベーターがあり、三田村家の専用である。

「——ところで、叔父さん」

「何だ？」

「まだ聞いてないけど、どこに行くの？」

「そうだったな。——俺の知り合いの画家のパーティだ。パリで会って、気が合ったのさ」

「私、絵のことなんか、さっぱり分らないわよ」

信行はニヤリと笑って、

「俺だってそうだ」

と言った。

マンションを出ると、ちょうど目の前に停ったタクシーから健児が降りて来た。

「お兄さん、どこへ出かけてたの？」

と、奈美が声をかけると、考えごとをしていたようで、初めて妹に気付き、

「何だ、お前、そんなもの着て」

と言ってから、信行を見て、一瞬面食らった様子だった。「あれ？　もしかして……叔父さんか？」

「健児か。相変らずぶらぶらしてるんだって？」

「叔父さんと違って、音楽の才能もなくってね」

と、健児は肩をすくめた。「奈美も、こうして見ると女だな」

「勝手なこと言ってなさい。——叔父さんとパーティなの」

「飲み放題？　それならついて行こうかな」

と言って、健児はマンションの中へ入って行った。

正面には運転手付きの外車が停っていた。

信行と奈美はその車に乗り込んだ。

——二人の乗った車を見送っていた健児は、

「優雅なもんだな。——俺もピアノの一曲でも弾けりゃ……」

他の子のオモチャは何でも欲しがるというタイプなのである……。

専用エレベーターの方へ行きかけると、マンション前にタクシーが停った。振り向いて見ていると、タクシーから降りて来たのは、見慣れたブレザーの制服を着た折田愛美

だった。

健児は突然心臓をわしづかみにされたようで、鼓動が速くなった。

「どうも」

と、支払いをすませて、あの子の母親が降りて来た。

明るい色のスーツを着た母親と一緒にロビーへ入って来た愛美は、健児に気付いて、

「あ、この間のおじさん」

と、母親へ言った。

「あら、三田村さんですね」

「はあ。どうも。――今晩は、愛美君」

「今晩は」

と、愛美は笑顔で言った。

健児はカッと顔が熱くなるのを感じた。一見して分るだろうか？　そう思うと、ますます熱くなる気がする。

しかし、健児を見る母親――折田咲代（さきよ）という名だと知っていた――の目には少しもけげんな様子はなかった。

「この子が荷物を持っていただいたそうで、ありがとうございました」

「いや、そんな。――あの日は雨でね、傘も持ってて、大変だったからね」

健児は、折田咲代が、かなり大きめの包みを抱えているのを見て、

「それ、持ちましょうか」

と言った。

「とんでもない！　これくらい大丈夫です」

と、咲代は言った。

愛美がその間にオートロックを開けて、エレベーターのボタンを押していた。

健児は、専用エレベーターの方へは行かず、母娘と一緒のエレベーターに乗った。

折田母娘の部屋は〈３０２〉だ。エレベーターも三階まですぐなので、話をする時間もない。

三階で扉が開く。

「どうも失礼しました」

「いや、どうも。——またね」

つい、愛美に声をかけてしまう。

行きかけた折田咲代が振り向くと、

「よろしかったら、お茶でも？」

と、健児に言った。

「え……」

閉ろうとする扉を、健児は止めようと手を出したが、反射神経が至って鈍く、アッと思ったときには、扉は閉じてしまっていた。

エレベーターは八階へ上って行く。もちろん、このエレベーターでも八階へ上れるのである。

「え……。だけど……」

と、健児は呟いていた。

八階に着いて扉が開く。──健児は、エレベーターから出ずに、迷っていた。

その内、扉が閉る。指が〈3〉を押していた。──せっかく誘ってくれたんだ。無視しちゃ失礼だよな。そうだとも。

だけど、わざわざエレベーターで下りてまで訪ねていくのって、不自然だろうか？

「あの人、少し変だわ」

と、思っているかもしれない。「愛美ちゃん、あのおじさんと口をきいちゃだめよ」とでも、娘に言い聞かせているかも……。

三階に着いた。今さら戻れやしない。

〈302〉のドアの前に来て、健児はためらった。もし、これであの子に会えなくなったら。──どうしよう？

チャイムを鳴らす前に、ドアが中から開いた。

「やっぱりいた！」

と、愛美が嬉しそうに言った。「エレベーターの停る音がしたから、きっとおじさんだよって」

「愛美ちゃん、『おじさん』じゃなくて、『お兄さん』って呼んだら？　まだお若いんだから」

と、咲代は出て来て、「いらっしゃいませ。どうぞ」

「お邪魔します」

一応、母娘に認めてもらったようだ。

マンションのオーナー一家とはいえ、部屋の中に入るのは初めてだ。

小ぎれいだが、少し手狭な感じで、これで一体いくら家賃を取っているんだろう？

スッキリした、むだのない居間。

「どうぞ、おかけになって」

と、咲代は言って、「コーヒーでよろしいかしら」

「はあ、結構です。あの――」

「愛美、着替えてらっしゃい。しわになるわよ」

「はあい」

と、愛美は行きかけて、「帰っちゃわないでね」

と、健児へ声をかけて行った。

「お待ち下さい」

咲代が台所に立っている間、健児はマントルピースの上に並んだ写真立てを眺めていた。

父親も加わり、三人家族で撮った写真が多い。

しかし、父親がやはり、何となく影が薄い。

「――お待たせしました」

と、咲代がコーヒーを運んで来た。

「これはどうも。――図々しくやって来てしまって、すみません」

いつもなら、もっと図々しい健児だが、ここでは借りて来た猫である。

「いいえ。私なんか、越して来て、もう一年にもなるのに、家主の三田村さんにご挨拶もしないで。でも、越して来るときバタバタして、なかなか落ち着かなかったものですから、ついご挨拶しそびれてしまって……」

と、咲代もコーヒーを飲みながら言った。

「いや、ここはそういう点、近所付合いとか必要のないマンションですから。うちに挨拶に来る方などいませんよ」

と、健児は言った。

「そうですか？　そう伺って安心しました」

と、咲代は微笑んだ。

健児はコーヒーを飲んで、

「これはおいしい。――コーヒーの味などよく分りませんが、とても口当りがいいと言いますか……」

「パパがとってもコーヒーにうるさいの」

と、愛美が居間へ入って来た。

「そうなんだ。僕はどっちかというと、アルコールの方に詳しいがね」

愛美を相手に、気軽に口をきいている自分が信じられないようだった。

――何て可愛い子なんだ！

健児は、母親に気付かれないかと心配しながらも、ソファに寝そべる愛美の愛苦しさに目をひかれずにはいられなかった……。

「――どうも、お邪魔しました」

と、健児は玄関で言った。

アッという間に二時間近くたって、愛美がお風呂に入るというので、失礼することにした。

「こちらこそ、お引き止めして」

と、咲代が送りに出て来て、「またおいでになって下さい」

「ありがとうございます」

健児は玄関を出たが、咲代はサンダルをはいて一緒にエレベーターへと歩きながら、

「愛美も、あなたがお父さん代りだと思ってるんでしょう」

「え？」

「失礼ですよね、お若いのに」

と、咲代は笑って、「でも——大人の男の人がいないものですから……」

「あの……」

「お聞きでしょう？　私が誰かの愛人で、娘と二人で暮していると」

「それは……。そんな噂は確かに」

「本当のことです」

と、咲代は言った。「あの子の父親は、かなり有名な実業家ですが、私はその人の秘書をしていました。で、こういうことに」

「そうですか」

「でも、今はほとんどその人と会うことはありません。ここの家賃と生活費は毎月振り込まれて来ますが、父親としてあの子に会うことはないんです」

愛美は、学校での楽しいこと、面白いことを色々話してくれたが、おそらく自分が「他の子と違う」ことは、分っているだろう。

「私も、いつも不安です」

と、咲代は言った。「彼が事業に失敗したら、もう私たちを養う余裕はなくなるでしょうし、それに——たぶん、もう他の女性に興味は移っているので、いつここから出て行かなくちゃいけなくなるか……。そんなこと言ってないで、私も働こうとも思うんですが、今はなかなか……」

「そうでしょうね」

「まあ、こんな立ち話を」

咲代はエレベーターのボタンを押したが、

「あ、いけない。いつものつもりで下りのボタンを押してしまったわ」

「いいですよ、一階から直通のエレベーターを使います」

「ああ、そうですね。すてきな生活を送ってらっしゃるんですよね」

「いや、ただの怠け者ですよ。——それじゃ……」

エレベーターの扉が開いた。

「おやすみなさい」

と、咲代が言った。

キスした。

「おやすみなさい」

と返して、健児がエレベーターに足を踏み入れたとき、咲代は突然健児を抱きしめてキスした。

面食らっている健児に、

「――ごめんなさい！」

と、投げつけるように言って、咲代は廊下を駆けて行った。

エレベーターの扉が閉り、健児は無意識に〈1〉のボタンを押していた。

混乱していた。

咲代の気持は分らないではなかったが、しかし、健児にとって、彼女はあの愛美の母親でしかなかったのだ。

それでも、突然のキスは、健児の胸をかき乱すに充分だった。

一階のロビーに出ると、ちょうど表から入って来たのは――。

「何だ、健児か」

「兄さん！」

克郎を見て、健児は目を丸くした。

9　のけ者

「どうなってるの？」

　と、三田村麻子は目を丸くして言った。「突然信行がパリからやって来たと思ったら今度は克郎？　帰って来るのなら、前もって連絡ぐらいしなさい」

「いいじゃないか。どうせ僕の部屋はそのままなんだろ」

　と、克郎は言った。

「お酒でも飲むのなら、勝手にやってちょうだい」

　と、麻子はそれでも不服そうで、

「わざわざ旅行を一日早く切り上げて帰って来たのよ」

　しかし、克郎はなぜか母親の言うことが耳に入っていないかのようで、

「叔父さんがパリから……。何の用事だったの？」

「知らないわよ」

「で、今はパーティに行ってる？　奈美の奴をどうして……。エスコートするなら、他

に誰かいたんじゃないのか」

「奈美じゃいけないって言うの？」

「そうじゃないけど……」

「それより、克郎、あんたはニューヨークから戻って何してたの？」

「え？　ああ……大したことじゃない。ちょっとした取引の条件を詰める必要があってね」

——三田村家の居間には、麻子と二人の息子が揃っていた。

「健児、お前どうしてわざわざ入居者用のエレベーターで下りて来たんだ？　他のフロアに用だったのか？」

克郎が話をそらそうとするように言った。

「どうだっていいだろ」

健児は肩をすくめた。

あの、折田咲代のキスのことなど話すわけにはいかない。

しかし、あの子は——折田愛美は、母親のあんな思いを知っているだろうか？　いや、いくら何でもまだ九歳なのだ。

それでも、父親が家にいないという状況を、どう考えているのか……。

「——叔父さんは何のパーティに行ってるんだ？」

と、克郎は言った。

むろん、普通の二十四歳の女性に比べれば、三田村奈美はこういう場に慣れている方だろう。

同年代の客はあまりいなかったが、ゲストに招ばれたピアニストが、ホールの奥でショパンを弾いて、集まった人々の対話もうるさくはなかった。

パーティの主な目的は、三田村信行が長く付合のある画家の受章祝いということだった。

奈美は美術展にときどき足は運ぶが、絵に詳しいわけではないし、知り合いがいるわけでもなかった。それでもカクテルのグラスを手に、カナッペをつまみながら、パーティ会場を漂っていた。

「——楽しんでるか？」

いつの間にか、信行がそばに来ていた。

「何の話をしたらいいか分らないわ。でも、大丈夫。こういう雰囲気を楽しむだけで」

「俺はちょっと知人と話がある。二、三十分いなくなるよ」

「どうぞ。いい男がいたら、デートにでも行ってるかもしれないわよ」

正直、客の多くは中高年の、あまりピンと来ない顔ぶれだった。

「――奈美さん」

と、声がして、振り向いた奈美は、克郎の「彼女」だった仁田みすずが立っているのを見て、びっくりした。

「まあ、こんな所で……」

奈美は、それでも知った顔に出会ってホッとした。

「お一人ですか？」

と、仁田みすずは訊いた。

「叔父について来たの。あなたは……」

「アルバイトです」

「アルバイト？」

「コンパニオンです、パーティの」

「ああ……。そういうこと」

大学生にしては、やや肌の露出の多いドレスを着ているのはそのせいだろう。

「だけど、何話していいのか……。飲物を取って来たりはしなくていい、って言われてるんですけど」

「外国人がいるわね、何人か。あなた英語できる？」

「あ……。一応話します」

「じゃ、そういう相手していれば？」

「でも……」

みすずは会場の中をチラッと見回して、「あの——今、お時間あります？」

「ええ、いいけど……。でも、話をするような場所が……」

「向うに、控室があるんです。くたびれたら、ちょっとお茶ぐらい飲めるように」

「じゃ、そこへ行きましょ」

克郎とのことで、何か話したいのだろうか。まさか、「責任を取って下さい！」なんてことにならないわよね。

いささか不安を抱えてはいたが、奈美はみすずについて行った。

小さな会議室のような部屋で、テーブルにペットボトルのお茶や、スナック菓子が器に盛ってあった。

「今日お会いできるなんて、思っていなかったので」

と、みすずは椅子にかけて言った。

「そうね。私も、あなたのこと、気になってたのよ」

「ありがとうございます。——あのとき、レストランでお話しした縁談のことですけど……」

「旅館を継ぐって話ね？」

「あの話はもう流れてしまって」

「というと？」

「私が結婚することになっていた番頭さんが、恋人を妊娠させちゃったんです」

「へえ！」

「で、旅館はその二人が継ぐことに。私がもともといやがっていたのは分っていたので、両親も何も言って来ませんでした」

「じゃ、めでたしめでたし、ってわけね」

「はい。ただ……」

「他に相談が？　克郎兄さんのことね？」

「そうです。あ、でも克郎さんとのお付合はそんなに深くないので、安心して下さい」

「良かった！　私も、兄さんのやってることはさっぱり分らないから」

「それが……。克郎さんがニューヨークから帰って来たのは、私のためだとばかり思っていたんですけど、そうじゃなかったみたいなんです」

「ニューヨークとは、ときどきビジネスの用で行き来してたでしょ？　いちいち私も聞いてないけど」

「そうなんです。でも、そのビジネスというのが……」

と、みすずは口ごもって、「――何だか心配なんです」

「心配？」

「一度、克郎さんがケータイのメールを、間違って私に送って来たことがあって。すぐ追いかけて、〈今のは間違いだ！　消去してくれ〉とメールして来たんです。でも、そう言われたら、却って何だろうと思いますよね」

「ドジね、全く。やりそうだわ、克郎兄さんなら。で、何のメールだったの？」

と、奈美は訊いた。

「読んでみて下さい」

と、みすずが自分のケータイを取り出して、奈美へ渡した。

奈美はそのメールを――読もうとしたが、

「これ……英語ね」

そう長い本文ではなかったが、ビジネスの話か、英文である。

「あ、すみません」

「いえ……。私もね、日常会話ぐらいは分るんだけど」

「訳すと、こんなことです。〈次の入荷の時期はもう少し早くならないか？　品薄のときは値も上げられるし。『ラッキー』のブランドは商売になる〉。――こんな意味です」

奈美は、

「そう」

と肯いたが、そのメールの何が心配なのか分らなかった。「――普通のビジネスの連絡のようだけど」

「それならいいんですけど」

「そうじゃないってこと？」

「気になるのは、『ラッキー』って言葉です。ブランド名だと言ってますけど」

「何か特別な意味が？」

「もしかすると……、克郎さん、何か犯罪に係ってるんじゃないかと心配なんです」

「犯罪？」

奈美は仰天した。「克郎兄さんがそんな……。気の小さい人よ、兄さんは。危いことには手を出さないと思うわ」

「だといいんですけど」

と、みすずは言った。「実は、三か月くらい前ですけど、やっぱり克郎さんが突然電話して来て、帰国してるから食事しよう、と言って来たんです。私、夜、麻布の方のレストランで食事を一緒に取って、その晩はどこかに泊ろうか、って話してました。そしたら、デザートのとき、お店の人が、厚手の封筒を持って来て、『今、これを三田村様へお渡しするようにと……』と言ったんです。克郎さんが、『誰が届けて来たんだ？』って訊くと、『ラッキーさんのお使いの方だとおっしゃってました』と言ったんです。

――それを聞いて、克郎さんが青ざめたので、私、びっくりして、『大丈夫?』って訊きました。克郎さんはその封筒を取り落として……。中の物が半分飛び出しました」

「中の物って……」

「ナイフでした」

と、みすずは言った。「それも、どう見ても、その辺で売ってるような実用品じゃなくて、木彫の柄の大きなナイフで……。克郎さんはあわてて封筒を拾い上げると、『何てことないんだ。ちょっとした冗談だよ』って、笑って見せてましたが、顔には血の気が戻っていませんでした」

奈美はわけが分らなかった。

「その『ラッキー』って……」

「私、友達がニューヨークに何人かいるんですけど、『ラッキー』って言うと怖がります」

「怖がる?」

「私もよく知りませんけど、『ラッキー』って、裏社会のグループ名らしいんです」

「つまり……ギャングってこと? まさか今どきマフィアじゃないでしょ」

「昔みたいな暴力沙汰は少ないようですが、やはり今でも、ドラッグを扱ったりしているのは、そういう人たちです」

「で、克郎兄さんがそんな連中と？　まさか！」

「知らずに一旦係りを持ってしまうと、ズルズル引きずられるかも。克郎さんって、そういうタイプじゃないかと思ってるんですけど。あ、すみません、お兄様のことを」

「いいえ、いいのよ」

なるほど、この子、なかなか人を見る目があるわ、などと奈美は感心していた。いや、それどころじゃない！

「お願いです。克郎さんに訊いてみて下さい」

「でもねえ……」

克郎と、そんな真面目な話など、したことがない。奈美はふと思い付いて、

「──そうだ、お祖父ちゃんに相談してみよう」

と言った。「それがいいわ。任せて」

控室に、他のコンパニオンの子が入って来て、二人の話はそこまでになった。

「じゃ、また連絡するわ」

と、奈美はパーティに戻った。

カクテルをもらって飲んでいると、今のみすずの話が、何だか夢だったのかと思えてくる。

「そんな……。克郎兄さんがギャングの仲間？　似合わない」

と呟いていると、

「誰が似合わないって？」

いつの間にか、信行がそばに来ていた。

「いえ、私、こういう大人の場には、まだ早いかなと思って」

「そんなことはない。お前の方からどんどん話しかければいいんだ。パーティでは会話が礼儀だぞ」

「いいの、私。壁の花っていうんだっけ？　一人離れて観察してる」

信行は誰か知人を見付けて行ってしまった。

奈美は思い付いて、パーティ会場の隅へ行き、ケータイを手にすると、祖父、三田村朋哉へかけた。

しばらく呼出してから、

「――何だ、奈美か？」

「お祖父ちゃん、もう寝てた？」

「年寄りはあまり眠らなくていいんだ。お前どこからかけてる？　音楽が聞こえてるぞ」

「パーティなの。信行叔父さんについて来たのよ」

「信行に？　何だ、日本にいるのか？　それともお前がパリにいるのか」

「日本よ。——ね、ちょっと相談したいことがあって。明日そっちへ行っていい?」

「ああ、構わんが……。何なら飯でも食うか?」

「あ、いいわね! なじみの店に連れてって」

奈美は、朋哉のお気に入りでもあり、ときどき食事にも同行する。しかし、いつも驚くのは、八十八歳になる朋哉の食欲だ。

フォアグラだのステーキだの、奈美だってそうは食べられない「濃い」食材を、平然と平らげる。——長寿の人はやはりよく食べるのよね、と納得するところだ。

「しかし、話って何だ? もし人に聞かれたくないことなら——」

「あ、そうね! お願い、個室取って」

「分った。お前——妊娠でもしたか」

「そんなことじゃないわよ!」

と、奈美は即座に否定した。「私、そんなドジしないもん」

「男ができないからって、自慢するな」

と、朋哉は笑って、「じゃ、明日夕方にうちへ来い」

「はい、よろしく」

切ろうとすると、朋哉の方から、

「おい、今、克郎はどこにいる?」

「マンションに。ニューヨークから少し前に帰ってたみたい。——どうかした？」

「いや、訊いてみただけだ。明日、待ってるぞ」

「はい、それじゃ」

——お祖父ちゃんが、克郎兄さんのことを訊く。みすずから、克郎についての妙な話を聞いたばかりで、気になったが……。

「ま、いいや」

何ごとも、深く考えることは「疲れるからしない」のが奈美の主義だった……。

10 記憶

「分りません……。何だか色んなことが、ごちゃごちゃになって……」

痛み止めのせいで、意識がはっきりしないのだろう。

里谷美穂は、車が転落したときのことを訊かれても、はっきり答えることができなかった。

ただ、

「車が押されて……」

と、それだけは憶えていたようで、「後ろから押されたみたいでした……」

「後ろの車を見ましたか？」

「いえ、全然……。気が付くと、車が逆さに……。何が起ったのか……」

「分りました」

里谷美穂はふっと眠ったようだった。

話を聞きに来たのは、まだ三十そこそこかと見える刑事だった。

「これで切り上げて下さい」

と、看護師に言われて、病室を出る。

廊下には爽香がいた。

刑事が来ていると聞いて、廊下で待っていたのである。

「ご苦労さまです」

と、爽香は刑事に言った。「私、杉原といいます」

それを聞いて、刑事が目を見開いて、

「ああ！」

と、声を上げた。「あなたが杉原爽香さんですか」

「そうですが……」

と、爽香が面食らっていると、

「お名前はかねがね。いつも捜査にご協力いただいて、ありがとうございます」

と、名刺を出して、「K署の駒江（こまえ）という者です。よろしく」

「は……。こちらこそ」

私って、そんなに名が知られてる？——犯罪者と間違えられたらどうしよう、と心配してしまう。

「話は現場にいた者から聞きました」

と、駒江刑事は言った。「いつ川に落ちるか分らない車から、あの先生を助け出したそうですね。『危機一髪でした』と、みんな感心していました」

「どうも……」

本当は爽香でなく、珠実がやったことなのだが。

爽香が当惑顔なのを見て、駒江が言った。

「いや、分ってるんです」

「は？」

「活躍されたのが、お嬢さんだった、ということは」

「そうですか。でも……」

「これは、現場の者からのお願いなんですが」

と、駒江はちょっと声をひそめて、「中学生のお子さんが救出したとなると、その場に居合せた巡査たちが……その……少々恥ずかしいことになりまして。それで、一応公式には、爽香さんが救出したことにさせていただきたい、ということなんです。いや、もちろんお嬢さんへの感謝の気持はみんなが持っておりますし、その勇気と行動力にも舌を巻いています。ただ、その……」

「分りました」

爽香は微笑んで、「私も、娘の名前が出るようなことは避けたいと思っておりましたので、却ってありがたいことです」

「そうですか！」

と、駒江はホッと息をついて、「ぜひお目にかかってお願いしようという話になっておりました。ここでお会いできて良かったです！」

「ともかく、先生が助かって良かったと喜んでいます」

と、爽香は言った。「ただ、状況から見て、事故とは考えにくいのです。誰かが故意に、里谷先生の車を転落させようとしたとしか思えません」

「それは承知しています」

と、駒江は肯いて、「ただ、ご本人がまだはっきりと話のできない状態なので。——何か狙われるような理由があったのでしょうか？」

爽香は少し迷ったが、里谷美穂と話してからでなければ、あのコピー原稿のことを話すわけにはいかない、と思った。

「やはり直接先生にお訊きするしかないと思いますが」

と、爽香は言った。「娘も一年生ですし、学校内の事情はよく知らないでしょうから」

「それはそうですね」

「ただ——もし誰かが里谷先生を殺そうとしたのだったら、先生にまだ危険が……」

「了解しています。このフロアに警官を一人置くように手配しているところです」

「そうしていただけると安心です」

「それに——もし杉原さんがお気付きのことがあれば、教えて下さい」

「いえ、とんでもない！」

と、爽香はあわてて言った。「私はただの会社員ですから」

「いや、これまでの輝かしい実績をお持ちですから」

どう見ても、駒江は本気だった。

「ああ……」

刑事が帰って行くと、爽香は息をついて、

「冗談じゃないわよ！　アルバイトで探偵やってるわけじゃあるまいし」

少しして、制服の警官がやって来て、ナースステーションに声をかけた。

これで里谷美穂は大丈夫だろう。

——爽香が一階へ下りて行くと、正面玄関から珠実が入って来たところだった。

「お母さん、先生、どう？」

「まだ痛み止めで、眠ってるみたいよ。今は会わない方が」

「うん、分った」

「何か甘いものでも食べて行く？」

と、爽香が訊くと、

「お母さん、自分が食べたいんでしょ。私をだしにしないで」

珠実の言葉に、爽香は何とも言えなかった……。

そして、やはり二人は病院から駅への途中にある甘味のお店で、あんみつなどを食べることになった。

「――その先生が？」

「うん。織田先生。私に、里谷先生から何か預かってないかって」

「それは間違いなく、コピー機に残っていた一枚の原稿のことね」

「そうだと思う。先生、どこに置いてるのかな。あの車の中？」

「だったら見付からないかもしれないわね。でも――持って歩かないいんじゃないかしら」

「じゃ、自分の部屋に？」

爽香は少し考え込んだ。

「――お母さん」

「何？」

「だめよ、一人で行っちゃ」

「何のこと？」

「分ってんだから。里谷先生の部屋へ行って、中を探そうと思ってるでしょ」

「珠実ちゃん……。あのね、お母さんの考えてることを勝手に想像しないでくれる？」

「でも、当ってるでしょ？」

「そりゃあ……考えないじゃなかったわよ」

「ほら、やっぱり」

「でもね、人の部屋に勝手に入ることはしません。そんなことしたら捕まっちゃう」

「そうだね」

と、珠実は何ごとか企んでいるかのように、至って素直に肯いたのである。


「『ラッキー』だと？」

祖父、三田村朋哉は、ステーキにナイフを入れながら、その手を止めて言った。

「お祖父ちゃん、知ってるの？」

狙いは当ったようだ。しかし――。

「お前はニューヨークの下町で商売でも始めるつもりなのか？」

「まさか！　そんな面倒なこと、私がすると思って？」

「それもそうだな」

朋哉がすぐ納得してくれたので、奈美はちょっと複雑な気持だった。

「一流企業の取引などとは関係ない、下町の物騒な連中の間では有名だということだ」

と、朋哉は言って、ステーキを食べ続けた。

「お祖父ちゃんは係ったことが?」

「仕事の細かいことには、いちいち口を出さんが、ニューヨークを任せている部下などは色々あるだろうな」

考えてみれば、奈美はこれまで、祖父がどんな商売をして財を成したのかよく知らない。

小さいころから、「お祖父ちゃんはお金持」とだけ意識していたので、それ以上、何も考えなかった。

もちろん、祖父が暗黒街のボスだなどということはないだろう。

「『ラッキー』って、人の名前?」

「さあな。まあ、仲間内で通じる符丁みたいなものじゃないか?」

と、朋哉は言った。「昔、ギャングが横行した禁酒法の時代に、そういう組織をまとめ上げた大物マフィアがいた。『ラッキー・ルチアーノ』と呼ばれて、誰からも恐れられたって話だ。一種の伝説だな」

「それで『ラッキー』の名が?」

「元はといえば、危うく殺されかけたとき、命拾いをしたのが、『ラッキー』だった、というので、そう呼ばれるようになったということだ」

「へえ。——映画に出て来そう」

「しかし、どうしてお前が……」

「うん、それがね……。ちょっと相談されちゃって」

ここまで話したら、打ち明けないわけにいかない。

奈美は正直に、仁田みすずのことから、その相談された話の内容を、朋哉に話した。

「——コーヒーをもらおう」

朋哉はテーブルの上のボタンを押して、ウェイターを呼んだ。

コーヒーを二つ、注文してから、ウェイターが個室を出て行くと、

「そのみすずという子は信用できそうか」

と言った。

「まあ……たぶんね」

「それなら、確かに心配した方がいいかもしれんな」

朋哉は真顔で言った。

「じゃ、どうしたら……」

「お前は係るな」

と、朋哉は即座に言った。「今、ここで話をした。それで終りだ。忘れることだ」

「でも——」

「俺に任せておけ。克郎と話をして、本当のところを訊き出す」

「そう？　だったら助かるけど」

ホッとして、奈美は言った。「ただ、みすずって子に何か言ってあげないと……」

「克郎とあまり付合わないことだ。そう言っておけ」

「分った……」

それでみすずが安心するかは分らないが、ともかく祖父が「任せろ」と言ってくれたので、これ以上は係り合わないことにしようと思った。

「――そういえば」

と、奈美は言った。「お祖父ちゃんの回想録は進んでる？」

朋哉は苦笑して、

「商売に比べたら、文章を書くってのは、難しいものだな」

と言った。

「健児兄さんが気にしてたよ。〈杉原爽香〉って、どういう女なんだ、って」

「そんなことを気にしてるのか。――どう考えても、健児には及びもつかん女性だ」

「どういう人なの？」

「すばらしい女性だ」

と、朋哉は言った。「しかし、もちろん色恋とは縁のない話だぞ」

「新聞にも出ている」

「それじゃ……」

「え？」

「たまたま見付けた」

朋哉は上着のポケットから、破り取った新聞記事を取り出すと、奈美に渡した。

クシャクシャになったのをテーブルに広げてみると――。

〈事故車の女性を救う〉って……。本当だ。〈杉原爽香さんが川へ転落しかけた車から負傷した女性を救出〉……。これがその人なの」

写真はなかったが、その人助けの記事は、この世相の中、爽やかな話として扱われていた。

「そういうことを、ごく当り前にやる女性なんだ」

と、朋哉は自分のことのように、得意げに言った。

11 旧知

「ごちそうさま」

レストランの個室を出て、三田村奈美は言った。「いつものことだけど」

「そうだな」

と、三田村朋哉は笑って、「お前がおごってくれるまで、とても俺は生きちゃおれん」

「まあ、意地悪ね！」

「これは三田村様」

と、レストランのマネージャーが急いで挨拶に来る。「いつもご利用いただいて、ありがとうございます」

「なに、ここの味は安定している。そこが気に入っとる」

「恐れ入ります」

「これは孫の奈美だ。その内、ちょくちょくやって来るかもしれん」

「よろしくお願いいたします」

と、マネージャーが素早く名刺を出して、奈美に渡した。「ご用の節は何なりとご用命下さい」

するると、ダイニングスペースのテーブルから、

「あら、三田村さん？」

と、声がした。

朋哉がびっくりして、

「これはどうも！　栗崎さんじゃありませんか」

と、そのテーブルへ歩み寄って、「お変りなくて」

「変るわよ。あなたと違って年齢だもの」

と、栗崎英子が言った。

「私も米寿ですよ」

「私は九十一。三つも若いじゃないの」

と、英子は真顔で言った。「今の彼女？」

「とんでもない！　奈美、栗崎英子さんだ」

「いつもTVで。――私、孫の奈美です」

「あら、そうなの。てっきり、まだこの人が若い子に手を出してるのかと思ったわ」

「それはないですよ、栗崎さん。いくら私でも……」

「あら、それは？」

英子が、奈美の手にしていた新聞記事を目にとめた。

「これ、お祖父ちゃんが——いえ、祖父が私に」

と、あわてて言い直す。

「いえ、その記事、どうして？　その杉原爽香さんは私の親友よ」

「そうでしたか！」

朋哉は目を見開いて、「ではお知り合いで？　それは奇遇だ」

「爽香さんに何かご用？」

「祖父の回想録にその方の名前が出てくるんです」

「回想録？　そんなもの書いてるの、三田村さん」

「まあ、自分のためです。八十八年、何をやって来たかなと思って」

と、三田村朋哉は言って、「お邪魔してしまって」

栗崎英子は、

「いいのよ、別に」

と言った。「ちょうどいいわ。この人は、久保坂あやめといって、杉原爽香さんの部下なの」

英子は、あやめと食事しながら、爽香の誕生日祝いのプランを練っているところだった。

話の流れで、朋哉と奈美は、英子たちのテーブルでお茶を飲むことになった。

「いつもハラハラしています」

と、あやめが爽香のことを話すと、

「いや、相変らず立派ですな」

と、朋哉は言った。「五十歳の誕生日？　ぜひ私も参加したいですね」

「もちろん構いませんよ」

と、英子が言うと、奈美が、

「その爽香さんを、どうして知ってるの？」

と、朋哉に訊いた。

「ああ、もう大分前になるが——」

と言いかけたとき、朋哉のケータイが鳴った。「おっと、失礼」

朋哉が立ち上がってテーブルを離れる。

「——元気ね、あの人は」

と、英子が言って、

「栗崎様の方がお元気です」

と、あやめに言われている。

「今日は祖父に相談ごとがあって」

と、奈美は言った。「何しろ、うちは親族みんな、ちょっと変ってるんです」

「そんなことないわ。芸能界に何十年もいると、『変った人』なんか、ちっとも珍しくないわよ」

と、英子は言った。

朋哉はじきに戻って来たが、

「申し訳ありません。急な用ができまして」

と、少しあわてた様子で言った。「奈美、お祝いの会のことを、よく聞いといてくれ。栗崎さん、失礼します」

「ええ、またね」

英子がにこやかに微笑んで肯いて見せた。

せかせかと出て行く朋哉を見送って、奈美は、

「お祖父ちゃんが、あんなに焦ってること、珍しい」

と、ひとり言のように呟いた。

「でも、ああして急いで歩いて行かれるなんて、八十八歳にしてはお元気ですよ」

と、あやめが言った。

「米寿の男性をあわてさせるのはどんなことかしら？」

と、英子は言った。「奥様はもう亡くなっておいでよね？」

「ええ、ずいぶん前に」

「そうねえ……」

と、英子はちょっと首をかしげて、「私の見たところ、あのあわてぶりは、やっぱり女性絡みとしか思えないけど」

「お祖父ちゃんがですか？」

「その〈回想録〉を、あなたは読んだの？」

「いいえ、まだ書き始めたばかりだと……。私が、遺言状の話をしたんです。そのときに……」

英子は奈美の話を聞いて、

「あやめちゃん、三田村さんの名前を聞いたことある？」

「憶えがありません」

「あなたが憶えていないのなら、まず公に知り合うことはなかったでしょうね」

「栗崎様は――」

「私は、チャリティの朗読会をやっててね。そのスポンサーになってくれたのよ。とても気持のいい人だった。それで憶えてるの」

「チーフに直接訊いてみましょうか」

「それがいいわね。隠しごとをする爽香さんじゃないし」

それを聞いて、奈美が、

「私もお会いしたいです！」

と、身をのり出した。


「何かメールが入ってる」

と、なごみが言った。

涼と二人で、ファミレスに入って食事していた。

なごみは、つわりもほとんどなく、食欲も全く変らなかった。

「食べ過ぎないようにしないとね」

と、なごみは言っていた。

テーブルに置いたノートパソコンを開くと、

「英語のメールだわ」

と、なごみが言った。

「例のパンフレットの件かな？　苦情じゃないか？」

「気の弱いこと言わないで。英文のチェックはしっかりしたつもりだけど」

海外の旅行代理店から依頼された、日本旅行用のパンフレットの仕事。涼の撮った写真を二人で選び、レイアウトして、先方へ送ってあった。

もちろん、向うが注文主なのだから、簡単にＯＫが出るとは思っていない。何しろ涼はカメラマンとして、まだ無名の存在だ。

「――何て言って来たんだ？」

涼は、なごみが難しい顔でメールを読んでいるのを見て訊いた。

「何だか……よく分らない」

と、なごみが首をかしげる。「向うの代理店の人だけど、パンフレットの話じゃないみたい……。ちょっと待ってよ」

「どうしたんだ？」

「電話してくれ、って言って来てるわ。――外へ出て、かけてみる」

と、なごみは席を立って、「料理が来たら、先に食べてて」

「分った」

涼は少し不安な気分だったが、交渉ごとはなごみがうまく処理してくれているので、任せていた。

「お待たせしました」

注文していた定食が来ると、お腹の空いていた涼は、さっさと食べ始めてしまった。

そして半分くらい食べたところで、

「ちょっと待ってた方がいいかな……」

と、箸を止めた。

ひと息ついてお茶を飲んでいると、なごみがやっと戻って来た。

「先に食べてるよ」

見れば分るが、一応そう言うと、

「うん、いいのよ」

と、なごみは席について、「私もお腹空いた！」

と、箸を手に取った。

一気に二口、三口食べると、

「向うの代理店の人だったわ」

と言った。「パンフレット、あれで上出来ですって」

「本当？　そいつは嬉しいね！」

「ただ、日本的な雰囲気の出てる写真を大きくしてくれって。レイアウトを少しいじれば大丈夫よ」

「採用は決ったのか？」

「ええ、そこは念を押した。契約書をパソコンに送ってくるわ」

「やれやれ、一つ仕事を取るのも大変だな」

安心して、涼は食事を続けた。

なごみもしばし食べることに専念していたが、

「――パンフレットのことの他に、話があったの」

と、話を継いだ。

「何だい?」

「カメラマンは誰か、って訊かれたわ」

「名前、言ってあるよな」

「どういう人で、どんなキャリアがあるのかってこと」

「それで……」

「私の夫ですって言ったわ。まだ二十七歳って言ったら、びっくりしてた」

「へえ……」

「要は、涼の写真が『ファンタスティック!』ってこと。凄く気に入ったみたいよ」

「本当? ――まあ、実力だよね」

なごみが笑って、

「何を気取ってるの。ともかくね、先方が、『このカメラマンの他の写真を見たい』って言うの。あのパンフレットの中の、ほら、手相見のおばさんと東京タワーを入れた一枚をとてもほめてた」

「あれか。うん、あれはいい写真だよ。自分で言うのも何だけど」

手もとの明りに浮ぶ、手相見の女性と、なごみの横顔、そして遠くの東京タワーのボケ味もいいバランスだった。二人の狙い以上の仕上りになったのだ。

「今夜、涼の写真からいくつか選んで、データを送ろう。向うが注目してくれたんだもの、チャンスは逃さない！」

と、なごみは張り切って言った。

プレイバックを聴き終わって、河村爽子（かわむらさわこ）と並木真由子（なみきまゆこ）は顔を見合せ、同時に肯き合った。

「OKです」

と、爽子はスタッフに声をかけた。

「良かった！　こちらも何も注文はありません」

レコーディングプロデューサーがホッとした様子で言った。「じゃ、これをマスターに使用します」

「よろしく。バランスが偏らないようにして下さいね」

と、爽子は念を押した。

「一旦CDにして送りますよ」

「よろしく」

三百人ほどの小ホール。

そこで、爽子と真由子はCDのための録音をしていたのである。

二人でホールを出ると、

「やった、って感じ」

と、爽子は言った。

「おかげさまで」

「何言ってるの。真由子なしじゃできなかったよ」

「ありがとう。そう言ってもらうと嬉しいわ」

「ね、夕飯どこかで食べて帰らない？」

「いいの？　私はもちろん……」

爽子がよく食べに行くレストランが近かった。——二人はそこで乾杯をした。

「二人の初めてのCDね」

と、爽子が言った。「他の曲もやろうね」

「出してくれるかどうか」

今、クラシック音楽のCDは、レコード会社があまり出したがらない。

爽子はオーケストラとの協奏曲のCDは何枚か出していたが、それも実際のコンサートを録音した「ライブ盤」だ。オーケストラを使って、CDのための録音をすると、経費がかかるので難しい。

ピアノとヴァイオリンだけの録音は、まだ可能だった。

この三日間、あのホールを借りて、二人はベートーヴェンのヴァイオリンソナタ、「スプリング」と「クロイツェル」という名で呼ばれている二曲を録音した。

真由子にとっては初のCDである。

「――そうだ」

食事しながら、真由子は思い出したように、「あの杉原爽香さんのこと、新聞で読んだわ」

「え？　爽香さんがまた何かやったの？」

「いいえ、人助け。川へ落ちそうになった車から、女の人を助け出したって話よ」

真由子はケータイにニュースを表示させて、爽子に見せた。

「――本当だ。相変らずだな、爽香さん」

と、その記事を読んで、爽子は言った。

「でも、夜遅くでしょ。たまたま通りかかったってわけじゃないと思うけど」

と、真由子が言った。「車ごと川へ落ちそうだった人って、中学校の先生ですって。きっと、事故じゃないと思うわ」

爽子が呆れて、

「また?」

と、目を丸くした。「爽香さん、本当によく今まで生きて来たわ。今度の件も、きっと事件が絡んでるのね」

「私たちは平和ね」

「全くね……」

二人は改めてワイングラスを手に取って、乾杯した……。

12 言葉

「珠実ちゃん」

と、帰り仕度をしている珠実に声をかけて来たのは、クラス委員の斉藤由香だった。

「どうしたの、由香ちゃん？」

「あのね……。ちょっと手伝ってくれる？」

と、由香が少し言いにくそうに、「帰り、急ぐんでしょ？」

「別に、特に急ぐわけじゃ……。何なの？」

「うん、来週の末に校庭でダンスの練習があるでしょ」

「ああ、体育祭のね。そうか、リハーサルがあるんだったね」

と、珠実が肯いて、「それがどうしたの？」

「うちのクラス、記録係なんだよ」

「へえ。記録って、何するの？」

「私もよく知らなかったの。ほら、里谷先生、お休みでしょ。田中先生は体育祭のこととか、全然分んないのよ」

それはそうだ。里谷先生の代りに、いきなり担任になったのだから。

「で、今日になって、『記録係って何するの？』なんて私に訊くのよ。こっちが先生に訊かなきゃいけないのに」

と、由香は首を振って、「仕方なく、二年生の知ってる人に、去年何やったのか訊いたの。そしたら、ビデオを撮るんだって言うのよ」

「ビデオ？　カメラは？」

「自分で用意するんだって。うちは動画といっても、スマホで撮るくらいなんだ。珠実ちゃんのうち、持ってる？」

「ああ……。うん、結構新しいのがあると思う」

「じゃ、使わせてくれるかな？」

「大丈夫よ。別に学校に寄付するわけじゃないでしょ」

と、珠実は言った。「それで今日、何かするの？」

「うん。校庭を下見して、どこから撮ったらいいか、見てみようと思って」

「面白そうだね！　じゃ、校庭に出てみようよ」

珠実が話に乗って来たので、由香はホッとしたようだった。

――二人は、少し日の暮れかかった校庭に出て、ぐるりと一周した。

「——あっちに向いてダンスするんだよね」

と、珠実が校舎の方へ手を伸す。

「そうだと思う。去年の写真見たんだ。向うへ向いて並んでる」

「じゃ、顔が写るようにするには、校舎の側から撮るってことね」

二人は校庭を斜めに横切って、

「正面からより、少し斜め前からだね」

と、珠実が言った。「それに、少し高い所から撮った方がいいんじゃない？」

「そうだね。奥の列が全然見えなくちゃ、まずいよね」

「三脚で高くしても知れてるよ。何か台の上でないと」

「台か……。何か捜してみよう」

「勝手にあちこち覗けないし。誰か先生に訊いてみた方がいいかも」

「そうだね」

珠実は、校庭の校舎に近い隅に、柱が一本立ててあるのを見て、

「あれ、何だろう？」

と言った。

「あの柱？　この間、体育の先生から聞いた。校庭に白線引くでしょ。そのときの目印なんだって」

「へえ」

「どこから線を引けば、ちゃんとしたランニングコースになるか、目印がないと分らないってことらしいよ」

「ああ、そういうことか」

校庭はグラウンドではないので、いつも走るコースが描いてあるわけではない。体育祭のときに白線でコースを作るのだ。

「五十メートル走のコースなんて、真直ぐ描けなくて、曲ってたりするんだって」

と、由香が言った。

「でも——あの柱って、ずっとあそこに立ってるの?」

「いつもはね。当日は邪魔だからどけるんだって」

「動くの?」

「穴があって、それにはめ込んであるらしいよ」

「そうか……」

そのとき、珠実は、里谷美穂から送られて来たメールを思い出していた。

〈柱の下〉

あのメールにはそれだけが書かれていた。

何のことか分らなかったが、この学校の先生なら、〈柱〉と言えばあの柱のことと分るのかもしれない。

〈柱の下〉？

もしかすると、それはあの柱のことなのかもしれない……。

「——当日、晴れるといいね」

と、由香が言って、珠実は我に返ると、

「そうだね」

と肯いた……。


奥の方のテーブルで手を振っている姿は、すぐに見付けられた。

爽香の方も手を振って、テーブルの間を抜けて行った。

「久しぶり」

と、椅子を引いて座ると、爽香は、「明日香ちゃんも元気？」

「ええ、しっかりしてるわ。この母親よりもね」

と言ったのは浜田今日子。

爽香と長い友情で結ばれている。

「病院を移ったのよね？」

コーヒーを注文してから、爽香は言った。

「うん。これ、今の名刺」

「——凄いじゃない。大病院でしょ」

「前に、上司だった教授が呼んでくれたの」

と、今日子は言った。「おかげで、当直の回数が半分くらいになって、ホッとしてるわ」

「じゃ、明日香ちゃんも喜んでるでしょ」

医師でシングルマザーの今日子の一人娘、明日香は十二歳。珠実の一つ下のはずだ。

「お宅はみなさん元気?」

と、今日子が訊く。

「何とか生き延びてる」

「新聞の記事、読んだわよ」

「よく見付けたね。写真もないのに」

「知ってる名前は目につくよ。それで動画も見た。遠くて顔はよく分らないけど、明らかに爽香と分る」

「本当は私の手柄じゃないの」

「どういうこと?」

爽香が、珠実の「活躍」について話すと、今日子は声を上げて笑い、

「やっぱり爽香の子だね！」

「心配させられる身にもなってよ」

「いつも人に心配かける方だった爽香が、今度は心配する番。仕方ないよ」

「でも、私は中学一年のとき、あんな無茶はしなかった！」

と、爽香は主張した……。

――夜には仕事絡みの会食があって、あまり食べるわけにいかないので、爽香はサンドイッチを一皿取って、今日子と二人でつまむことにした。

爽香が、「一年早い五十歳の祝い」をやると聞いて、今日子は、

「行く行く！　よほどの急患でもない限りね」

と、即座に言った。

「そう？　ありがとう。じゃ、ひと言しゃべってよ」

「え？　私？　だめよ、そんなの！」

「いいじゃない。何も歌を歌えとは言わないから」

「だけど――」

と言いかけて、今日子は、「会場にピアノ入る？」

「まだ分らないけど。――どうして？　ピアノ弾いてくれるの？」

「明日香と二人でね」

「ピアノ、習ってるんだ」

「明日香は結構上手に弾くの。私も同じ先生の所に通ってる」

「へえ！　母と娘の連弾？　大歓迎よ」

と、爽香は言った。

「じゃ、練習しないと。しゃべるよりはましだ」

「ピアノ、どれくらいやってるの？」

「私は……二年くらいかな。明日香は六歳のときからだから、もうじき六年」

「いいわね。私はもうフルートなんか音も出ないよ、きっと」

「私ね、七、八年前だったかな、医師の研修でパリに行ったの。日本大使館で、パーティを開いてくれてね。そのとき、パリに住んでる日本人のピアニストの男性がショパンを何曲か演奏してくれたの。それがすばらしくてね！　帰国してすぐ、習うあてもないのに、ピアノを買っちゃった」

「今日子らしいわね」

「そしたら、明日香と仲のいい女の子がピアノを習ってて、明日香が『私も習う！』って言い出したの」

と、今日子は言った。「もちろん、明日香はすぐにお友達の先生の所へ通い出した。でも私はちょうど忙しくなるところでね、ピアノどころじゃなくなっちゃった」

「でも、追いかけて――」

「今の病院に移ってからよ。ちゃんと予定が立てられるようになったからね」

「でも、やり出したら夢中になるでしょ、今日子なら」

「そうね。でもそれで寝不足になっちゃいけないから、マイペースでやってるわ」

爽香はサンドイッチをつまみながら、

「その、パリで聴いたっていう日本人のピアニストって誰なの？　有名な人？」

「それが、気が向かないとリサイタルを開かないって人でね。でも開けばホールが一杯になる」

「へえ。日本じゃ演奏しないのかしら」

「ほとんどパリにいるみたいだからね。でも、その人をね、昨日見かけたの」

と、今日子の声が弾んだ。「もちろん偶然なんだけど。病院の内科の飲み会があって、その帰りにタクシーを待ってたら、ちょうど一台、すぐ近くに停って、女の客が降りたの。いいタイミングと思って、乗ろうとしたんだけど、中に一人残ってたのよ」

「その人が？」

「うん、覗き込んで、『ごめんなさい』ってあわてて言ったんだけど、『いいえ』と微笑んで言ったのが、確かにあのピアニストだった」

「じゃ、今、日本にいるのね」

「私、タクシーが行っちゃってから、よっぽど降りた女性客を追いかけて訊こうかと思ったけど、もういなくなってた」

「残念ね」

「もし日本でリサイタルでもやってくれるなら、と思って、ネットやら何やら調べてみたけど、何も出て来ないのよ」

と、今日子は悔しそうだ。

「何て人なの、そのピアニスト？」

「言わなかったっけ？　三田村っていうの、三田村信行」

爽香はちょっと考えて、

「――三田村？　最近その名前、聞いたわね。そう、あやめちゃんが言ってたんだ。三田村……朋哉っていったかな。もう米寿だそうだけど、凄いお金持みたいよ」

「その人って、もしかしたら三田村信行のお父さんかもしれない。親が金持なんで、あしてパリで好きにしてられるとか」

「でも、私は三田村さんって全然覚えがないの。向うは私のことを知ってるらしいんだけど」

「じゃあ、訊いてみてよ！　もしその人が父親なら、息子の方にも会えるかもしれない」

今日子は身をのり出して言った。

「待ってよ。全然知らない人に、そんなこと訊けない」

「でも、当ってみるだけでも」

「待って」

爽香は、あやめにケータイでかけた。

「チーフ、急ぎのメールが」

「もうすぐ戻るわ。ね、あなた三田村さんのこと、調べたわよね」

「大したことは分りませんけど、どうかしましたか？」

「息子に、三田村信行って人がいるんじゃないかしら」

「調べます」

少し間があって、「――確かにいます。三田村信行、今五十五歳ですね。その人が何か？」

「いえ、いいの。ありがとう」

爽香から聞いて、今日子は興奮気味だった。

「もしその三田村って人に会うのなら、息子さんのこと、訊いてみて」

「いいけど……。でも、どういう人かも分らずに会いにいけないわ」

爽香はしごく当然なことを言った。

もちろん、向うがなぜ自分のことを知っているのか、興味がないことはなかったが。

「――会社に戻らなきゃ」

爽香はサンドイッチの最後のひと切れを手に取った。

13 痛かった学び

「これはどうも！」

と、いきなり握手を求められて、爽香はびっくりしたが、拒むわけにもいかず、

「はあ……。よろしく」

と、小さく会釈した。「杉原爽香です。これは夫と娘で――」

「存じてますとも！　杉原明男さんと、珠実ちゃんですな」

と、元気のいい声で、「私は三田村朋哉です。栗崎さんとは光栄なことにお付合をいただいております。さあ、どうぞテーブルに」

「はい……」

一家三人、招ばれて来たのは、都心のホテルの庭園の中に建てられた別室で、広いテーブルを囲んでいるのは、栗崎英子だけではなかった。爽香たち三人と、久保坂あやめも英子と並んでいる。

三田村朋哉からの招待と伝えてくれたのは栗崎英子だったが、

「どうしてもあなたにお会いしたいと言うものでね」

と、朋哉は、「孫の三田村奈美です」

と、紹介した。

「他に、この奈美の母親とか、兄たちとか、杉原さんに興味津々の者が何人かおりますが、それではにぎやかになり過ぎる。まずは、静かに食事をしていただかないと」

八十八歳にしては、活力があって、およそ老いなど感じさせない。

「爽香さん、とてもお若く見えますね！」

と、奈美が言って、「ごめんなさい！　つい失礼なことを」

「いえ、ちっとも。奈美さんは二十四と伺いましたけど、私はもう四十九になるところですから、母親といってもおかしくないんですね」

「私だって、もう十三だよ」

と、珠実が主張して、笑いが起った。

和風の懐石スタイルで、フレンチの料理が小皿で次々に出て来た。

朋哉は食欲にかけて、この席で一番かもしれなかった。

食事中、奈美が新聞記事に触れたが、爽香は特に話さなかった。真相が分らないままだからだ。

——ほぼ料理が終り、デザートを待つところで、

「ところで」

と、爽香は口を開いた。「大変申し訳ないのですが、私、どうしても三田村様のことを思い出せないのです。どこでお会いしたでしょうか」

「いや、それは当然ですよ」

ワインを飲みながら、朋哉が言った。「もうずいぶん前のことだ。——そう、確か珠実ちゃんの生まれた年です」

「じゃ、十三年前？」

と、珠実が目を丸くして、「私、憶えてないや」

と言ったので、みんなが笑った。

「その年に何か……」

「秋、あなたは以前に勤めておられた〈レインボー・ハウス〉の入居者の方々のバス旅行に付き添って行かれた」

「はあ。——台風が来て、大変なことに……」

「そうです。山が崩れて、〈さつき旅館〉は流されてしまった。しかし、危険を察したあなたの指示で、旅館の客も従業員も、全員無事だった」

「え……。それじゃ、あのときに……」

「私もね、あの旅館の客だったのですよ」

と、朋哉は言った。

「そうでしたか。でも――あのときは、避難勧告が出ていたので、私が何かしたというわけでは……」

「いや、客を避難させたがらない女将のことも、よく知っています」

と、朋哉は言った。

「私が行くはずが、はしかにかかってしまって、チーフが代りに」

と、あやめが言った。

「そうだったわね。そう……。珠実ちゃんの生まれた年だった」

台風に伴う豪雨で、大規模な土砂崩れが起きた。爽香は間一髪、旅館を出て、濁流にかかる橋を通って避難することができたのだった。

――デザートが来て、

「あのとき、私は学ぶところがあったのですよ」

と、朋哉が言った。「それまで、何でも決めるのは自分で、他の人間はそれに従うだけという生き方をして来た。しかし、自分が間違っていることがあると教えられた。

――あのときに、です……」

何とも「絶妙な」タイミングだった。

三田村朋哉は、露天風呂付きの、一番高い部屋を取っていた。

しかし、せっかくの露天風呂がこの嵐の中では使えない。

早々に食事をすませると、大浴場でひと風呂浴びて部屋へ戻った。

じっとTVを見ているのは、一緒に来た女子大生、里佳（りか）だった。——もちろん、妻には内緒の旅である。

「——おい、何してるんだ」

朋哉はちょっと苛立っていた。

「ニュース、見てるのよ」

と、TVから目を離さずに、「この辺が一番ひどい降りよ」

「早く入って来い。時間のむだだ」

浴衣姿で、朋哉は椅子にかけた。

「大丈夫かしら、ここ」

と、里佳は言った。

「何をくだらんことを言っとる！　おい、聞いてるのか」

「聞いてるわよ」

この半年ほど、ときどきこうして温泉やドライブに連れ出している里佳は、小柄だが、朋哉好みのボリュームのある体をしていた。

「役場の人が、避難を勧めに来たみたい。ここの地元の人がそう言うんだから……」

「そう簡単に土砂崩れなんか起きるもんか」

と、朋哉は苦笑して、「いいか、俺はわざわざゴルフの約束をキャンセルして、やって来てるんだぞ」

里佳は立ち上ると、

「ちょっと様子を見て来る」

と言って、部屋を出て行ってしまった。

「おい！　——全く！」

朋哉は苛々と、濡らしたタオルを、部屋の隅へ放り投げた。

このところ、仕事でもうまく行かないことが続いて朋哉はくさっていた。里佳を抱いて、苛々を解消したいというのが、この温泉旅行だった。

里佳が戻って来ると、

「ね、避難勧告が出たって！」

と言った。「仕度した方がいいわ」

「何を言っとる！」

朋哉は腹を立てて、「誰の金で遊びに来てるんだ！　ぐずぐずしてないで、服を脱げ」

と怒鳴った。

「何言ってるの！　山が崩れるかもしれないって言ってるのに、そんな——」

「お前は俺の言うことを聞いてりゃいいんだ！」

朋哉は里佳を突いて、布団の上に倒すと、のしかかって行った。

「やめて。——ねえ」

いつになく乱暴になっていた。里佳の言うことなど耳に入らなかった。

強引に里佳の服をはぎ取ると、力ずくで押えつけ、胸をつかんだ。

「痛いよ！　やめて！　ねえ」

里佳は泣きそうになっていた。

そのとき、館内放送が流れた。

「お泊りの皆様——」

女将の声は、避難勧告は出たが、この旅館は安全だと告げた。

「ここは安全なんだ。分ったのか！」

朋哉は、逆らう力の失せた里佳を思いのままにした。しかし——。

明りが消えた。朋哉もさすがに動きを止めた。

部屋の外に、バタバタと足音がして、客たちがあわてている気配があった。

「放っとけ」

と、朋哉は笑って、「たかが停電だ。じきに戻る」

そのとき、里佳がいきなり朋哉を突き放して、起き上ると、

「死ぬなら、勝手に死んで！」

と、服をかき集めた。

「何だ！」

カッとした朋哉は、力任せに里佳を平手打ちした。小柄な里佳は畳の上に倒れた。

こんな乱暴はしたことがなかった。自分でもびっくりして、

「おい。――大丈夫か」

と、裸の里佳の腕を取って起こした。

「あなたは……馬鹿よ」

と、里佳が震える声で言った。

「何だと？」

「こんな所で死ぬつもり？　私はいやよ！」

「大げさだ！　お前は――」

「お金で買った？　どうせそんなもんでしょ私なんて。でもね、あなたに死んでほしくないの。こんな所で、私なんかと死んで、恥ずかしくないの？」

涙声になっていたが、朋哉も冷静になりつつあった。里佳が本心からそう言っていることが分ったのだ。

「──すまん」

と、首を振って、「どうかしてたんだ、俺は」

「女将さんを説得しようとしてる女の人がいたわ。信念を持って話してた」

と、里佳は言った。「お願い、様子を見て来て。自分の目で」

「ああ。しかし──暗いぞ」

「懐中電灯があるでしょ。床の間のところに」

朋哉は、部屋を出てびっくりした。他の客たちが身仕度をして玄関の方へと集まっているのだ。

部屋へ取って返すと、

「仕度しよう」

と言って浴衣を脱いだ。

「良かった」

里佳は微笑んだ。──平手打ちされて、頰は赤くなっていたが。

急いで仕度すると、二人は玄関の方へと出て行った。

そして……。

「そこで見ました」

と、朋哉が言った。「杉原さん、あなたが自分の所の客一人のために、自分も残ると言っているのを。——里佳が言っていたのは、この人のことかと思いました」

コーヒーを飲みながら、みんな朋哉の話に聞き入っていた。

「私たちは旅館のマイクロバスで逃れました。——あなたのおかげで、一人の犠牲も出ずにすんだ、と後で女将から聞きました」

「別に私は……。その里佳さんという方も偉かったですね」

「全く、恥ずかしいことでした。避難所でもあなたは自分の客だけでなく、みんなの間を駆け回っていた。里佳も手伝っていました……」

朋哉は思い出すように宙を見つめた。

そして、ゆっくりとコーヒーを飲み干すと、

「——若い者は、とか、女のくせに、とか考えていた自分が恥ずかしかった。避難所では、私など何をしていいか分らず、ただ突っ立っているだけでした。いざというときに何の役にも立たない。情けないようでしたな」

と言って、「そして翌朝、あの土砂崩れが……。改めてゾッとしましたよ。もし、里佳が私に逆らってくれなかったら。杉原さんがいなかったら……。私は泥に埋っていたでしょうな」

「そうして反省なさるだけでも、立派ですよ」

と、栗崎英子が言った。「普通、自分のだめな部分からは目をそむけるものです」

「——それで」

と、黙って話を聞いていた奈美が口を開いた。「その里佳さんって、どうしてるの?」

「東京へ戻って、別れた。里佳も、私との間について悩んでいたんだ。——結局、私はあの子のために、何もしてやれなかった。彼女も、何一つ要求して来なかったしな。そして今は、出版社で働いているようだ。結婚もして、子供を育てながら勤めていると聞いた」

「安心したわ、それを聞いて」

と、奈美は言った。

「いいお話を聞いたわね」

と、英子が、その場をまとめるように言った。「爽香さんの五十歳の祝いに、ぜひその話を披露しましょう」

「やめて下さい、栗崎様」

と、爽香があわてて言った。「そんな昔のことを今さら……」

「そう言うと思ったわ」

と、英子はニッコリ笑って、「でも、お祝いの言葉を述べていただく方に、話の内容まで注文はつけられないわ」

「それはそうですけど……」

「それより、問題は〈回想録〉だわ」

と、奈美が言った。「当然、今の話も〈回想録〉に入るのよね？」

「もちろん、そのつもりだ」

爽香は何か言いかけたが、諦めたように口をつぐんだ。

「大丈夫よ」

と、英子が言った。「この人に、〈回想録〉を書き上げられるとは思えない」

「栗崎さん、そうおっしゃられると……。しかし、私もね、考えているんですよ」

「何のことを？」

「確かに、自分の手で書いていたら、いつまでたっても完成しないでしょう。しかし、私がしゃべって、それを別の人間が原稿にするという手がありますよ。これなら、そう手間はかからない」

「お祖父ちゃん！　私、手伝ってもいいわ」

と、奈美がすかさず名のりを上げた。

「やるか、アルバイト」

「いいわよ。バイト料なんかいらない。力になりたいの」

「そいつはありがたいな」

——爽香は、もうずいぶん昔のことになってしまった出来事を思い起していた。

運が良かった。そうなのだ。

あのとき、旅館に残っていたら、今、こうして成長した珠実の姿を見ることもなかったわけだ。

「——そうだ」

忘れるところだった。浜田今日子から頼まれていたこと。

「ところで、三田村さん」

ちょうど話を変えるのに都合がいいと、爽香は言った。「息子さんの信行さんのことで、ちょっと……」

「信行のこと?」

「ピアニストの信行さんの大ファンがおりまして」

「あら、いいわね」

と、英子が言った。「お祝いの会で弾いていただきましょうよ」

「栗崎様、そういう意味では——」

「今、ちょうど日本に帰って来ていますからな。言っておきましょう」

どうしたって、話題は爽香から離れないのだった……。

14 見舞客

「誰にも言わないのよ」

と、爽香から念を押されてはいたものの、

「黙っちゃいらんないよね！」

と、珠実は、ともかく「一人だけ」に話そうと思った。

そこから先は？ ――珠実の責任じゃない！

「凄いんだね、珠実のお母さんって」

と言ったのは、クラス委員の斉藤由香である。

「まあね」

と、カレーを食べながら、珠実は言った。「でも、そういう親を持つと、子供は苦労するよ」

そのころ、爽香がクシャミしていたかどうか……。

珠実と斉藤由香の二人は、放課後に、クラスを代表して、里谷美穂のお見舞に来たのだった。

しかし、病室へ行ってみると、里谷美穂は検査に行っていた。

「あと、三、四十分しないと戻らないわよ」

と、看護師に言われた。

ちょうどお腹の空いていた二人は、

「じゃ、その間に何か食べよう！」

と、意見が一致した。

病院の地階にある食堂で、二人はカレーライスを食べていたのだ。

「——おいしいね」

と、由香は言った。「ちょっとお肉が少ないけど」

「本当だ」

と、珠実は笑って言った。「でも、とりあえずお腹がもつよ」

カレーを食べ終え、水を飲みながら、由香は、十三年前の爽香の武勇伝（？）について、もっと詳しく訊いてきた。そして、

「——珠実のお母さん、里谷先生のことも助けたんだよね。凄いなあ」

と、感服の様子。「でも……里谷先生、どうしてあんなことになったのかな。ただの事故にしちゃ、ひどすぎない？」

「まあ……ね」

「珠実も、その場にいたんだよね？　何か見なかったの？　怪しい人影とかさ」

「サスペンスドラマじゃあるまいし」

と、珠実はごまかしたが、「でも、誰かがわざと先生を狙ったんだと思うよ」

「そうだよね！」

と、由香は身をのり出して、「先生の病室の近くにお巡りさんがいたじゃない。あんなことって、普通の事故だったら、あり得ないでしょ」

「由香、頭いいね」

「それって、私のこと馬鹿にしてる？」

「まさか！　本気だよ」

「じゃ、知ってること教えてよ。私、珠実が秘密を握ってるとにらんでるんだ」

「由香……。知らない方がいいこともあるんだよ。お母さんがよく言ってる」

「でも、そんなの、聞いてみないと分んないじゃない。私のこと信じてないの？」

「そうじゃないけど……。じゃ、由香にだけ話してあげる。これは絶対他の子に言っちゃだめよ。お母さんの活躍した話は、どんどんしゃべっていいけど、こっちの話は、まだ終ってないことだから」

「分った。誰にも言わないって約束する」

「お願いね」

珠実は少し声を小さくして、「たぶん、里谷先生が狙われたのは、織田先生がコピー機に忘れた一枚の原稿のせいだったの」

「何、それって？」

由香は目を輝かせた。

すると、そこへ、

「あ、ここにいたの」

と、看護師が二人の方へやって来た。

さっき、里谷美穂のことを訊いた人だ。

「あのね、里谷さん、思ったより早く検査が終ったの。今、病室に戻ってるわ」

と、教えてくれる。

「ありがとうございます！」

と、珠実は言って、「じゃ、先生の所に行こう」

「うん……」

由香は、珠実の話を聞きたかったので、「ね、話の続き、後で――」

「分ってる。ちゃんと話してあげるよ」

「約束だよ！　じゃ、行こう」

と、由香は安心して言った。

「どうも……」

ナースステーションの前を通るとき、珠実は中へ会釈した。

そして、足を止めると、

「すみません、お巡りさん、いませんね」

「ああ、さっき何か食べるものを買って来るって、コンビニに行ったわよ」

「そうですか」

「すぐ戻るでしょ」

「はい、ありがとうございます」

母親譲りか、「いつもと違うことに用心する」というくせがついている。

「――ね、そういえば」

と、ナースステーションの窓口から、看護師が声をかけた。「ついさっき、学校の方がお見舞に」

「え？　学校の方って……」

「先生ですってよ。男の方で」

先生が？　誰だろう？

病室の前まで来ると、

「な、よく分ってるだろ」

と、中から声が洩れて来た。

病室のドアが細く開いているのだ。

「ね、あの声って……」

と、由香が言いかけると、

「シッ！」

と抑えて、珠実はそっと中を覗き込んだ。

里谷美穂のベッドのそばに座っている男の背中が見えた。

「――織田先生だ」

「あの声……」

と、珠実が小声で言った。

「聞いて」

と、珠実が囁くように言った。

「君が黙っててくれれば、丸くおさまるんだ」

と、織田が話しかけている。「そうでないと、僕は凄くまずいことになるんだ」

里谷美穂は何も答えていなかった。

「僕がうっかりしてたのが悪い。それは分ってるよ。しかし、もともと君には何の関係もない話だ。そうだろう?」

そして、織田の口調がガラリと変った。

「あんなことが、もう起きてほしくないだろう? この次は、運よく助かるとは限らないんだ」

本気だった。これは脅迫だ。聞いていて、珠実はゾッとした。

「これは冗談でも何でもない。今度は車だけじゃ済まないよ。——分ってるよね」

そのとき、由香が珠実をつついた。

お巡りさんが、コンビニの袋をさげて戻って来るのが見えた。

珠実は由香の手を取ってドアの前から離れると、わざと少し大きな声で、

「ご苦労さまです」

と、お巡りさんに言った。

「やあ、お見舞?」

「はい、今来たところです」

病室のドアが開いて、

「何だ、杉原か」

と、織田が顔を出した。

「あれ？　織田先生、来てたんですか」

と、珠実は目を丸くして、「私たち、クラスの代表で」

「そうか。もう失礼するところだ」

「里谷先生、良かったですね」

「うん、本当にな。まあ、ゆっくり傷を治してもらうことだな」

織田は、お巡りさんに、「同じ中学の教師です。よろしくお願いします」

と、挨拶して帰って行った。

ホッと息をついて、珠実は由香と一緒に病室の中へ入って行った。

「先生、私たち、クラスの代表で来ました」

と、由香が声をかける。

里谷美穂は目を向けると、

「ああ……。斉藤さん。――杉原さんも？」

「どんな具合ですか？」

と、珠実が言った。

織田が何と言っていたのか、訊きたかったが、ついためらっていると、

「――ねえ、今……」

と、里谷美穂が言った。

「何ですか？」

と、珠実が訊くと、

「私、検査で麻酔したもんだから、ボーッとしてて……。今、誰か男の人が来てた？　何か話してたんだけど、よく分らなくて……」

「え？　聞いてなかったんですか？」

「どこかで聞いた声だったみたいだけど……。会わなかった？」

拍子抜けして、珠実と由香は顔を見合わせると、つい笑ってしまった。

「――何がおかしいの？」

と、里谷美穂はふしぎそうに言った。


「その先生が、そんなことを言ったの？」

と、爽香は言った。

「うん。まるであれじゃヤクザだ」

と、珠実は肯いて、「よっぽど、織田先生、やばいことになってるんだよ」

「ちょっと！　中学一年生の言うことじゃないわよ」

と、爽香は苦笑した。「――由香ちゃん、妙なことに巻き込まれないで。あなたに何かあったら、ご両親にお詫びのしようがない」

「でも、聞いちゃったんですもの、珠実から」

「本当にもう……」

と、爽香はため息をついた。

――病院を出た珠実たちは、会社の爽香に電話して、会うことにしたのだ。

今はいつもの〈ラ・ボエーム〉に入っていた。

「その織田って先生は、あなたたちが見舞に行ったことを知ってるわけね。――まあ、だからって、すぐに危険ってわけじゃないにしても、この先、どうなるか分らない。由香ちゃんも、帰りが遅くなるようなときは、誰かに迎えに来てもらうとか、一人で夜道を歩かないようにして」

「はい！　スリルあるなあ！」

「喜ばないで。ともかく、あなたたちは何も聞かなかった。いい？　後は私が引き受けるから」

「でも、お母さん、私たちの学校のことなんだよ。放っとけないよ」

正面切って言われると、爽香も反論できないが、とりあえず、

「あなたたちは、まだ子供なの。私みたいに危いことに首を突っ込むには早過ぎる」

と、注意することにした……。

今、松下があの中学のことを調べてくれている。その結果を見てから、どうするか考

えよう。

「それでね、お母さん、〈柱の下〉のことなんだけど」

「里谷先生のメールね？」

「うん。その〈柱〉って、もしかすると……」

珠実は、校庭に立てられている目印の柱の話をした。

「あの柱の下に隠したのかしら？」

と、由香が言った。「調べてみよう！」

「ちょっと待って！　だめよ。勝手に危いことしちゃ」

「でも、お母さん――」

「その柱って、穴にはめてあるだけなのね？」

「そうです。いつもグラウンドとして校庭を使うときは、先生たちが二、三人がかりで引き抜いてます」

「その穴の中に、里谷先生が……」

爽香も、調べなければいけないことは分っていた。しかし、この二人を巻き込みたくない。

「明男や涼ちゃんに手伝ってもらうわ。あなたたちは何も知らないことにするのよ」

「でも、どうやって？　学校だもの、いつも誰かいるよ」

「そうね……。考えるわ。それより、織田先生に怪しまれないようにするのよ。聞いてたかもしれないって思われたら……」

「大丈夫だと思うけど。——ね、由香？」

「うん、珠実がとぼけて見せたの、うまかったよ」

「でしょ？」

と、珠実が得意げに言って、爽香はまたため息をつくことになった。

そして、

「それだけじゃないんだ」

珠実がニヤリと笑って、「いいこと教えてあげる」

と、ちょっともったいぶって言った……。

15 サロン

ショパンのワルツが最後の音を広い居間の中に響かせて終った。

「――ブラボー！」

と、声を上げて拍手したのは、浜田今日子だった。「すばらしいわ！　あのパリの夜がよみがえるようです」

ピアノの前で立ち上った三田村信行は穏やかに微笑んで、軽く会釈した。

「さあ、少し休憩して飲物でも」

と、ソファから立って、三田村麻子が言った。

「本当に、こんなぜいたくな経験ができるなんて！」

と、今日子が感激して言った。

――三田村家のマンションである。居間のグランドピアノで、三田村信行が小さなコンサートを開いてくれたのだ。

「私、お手伝いするわ」

と、奈美も立って、母親について行く。

「なかなかいいもんだな、こういう雰囲気も」

と肯いて見せたのは、三田村朋哉だった。

「よく昔あったという芸術家のサロンみたいですね」

と、爽香は言った。

明男と珠実、そして浜田今日子と娘の明日香。——何しろ、今日子が、ぜひ信行のピアノを聴きたいと言ったのがきっかけだった。

そして、他にも克郎と健児。

加えて、たまたまこの日、爽香と会っていた杉原涼と岩元なごみも一緒だった。

「写真を撮らせていただいても？」

と、涼がカメラを手に言った。

「ええ、もちろん。カメラマンだそうですね」

と、信行がソファにかけて言った。

「私も、ちょっとお手伝いしてくるわ」

と、なごみが立って、キッチンへ入って行った。

「まだ駆け出しです」

と、涼が言った。「フリーという立場なので、仕事を捜すのが大変ですよ」

そのとき、ケータイの鳴るのが聞こえた。

「――どこだろ？」

と、珠実がキョロキョロと見回す。「あ、これかな？」

並んで座っていた、なごみのバッグの中のケータイだったのだ。

珠実がバッグを開けて、涼に、

「どうする？」

と訊いたが、涼はカメラを手にしてピアノのそばにいたので、

「出てみてくれる？　何の用か分らないけど」

では、と珠実がなごみのケータイに出ると、

「はい。――もしもし？」

と言ったが、「――え？　あーハロー、ハロー！　ええと、あの……」

珠実が焦って、

「ちょっと――あの、ちょっと――。お母さん！　『ちょっと待って』って英語で何て言うの？」

「え？」

爽香も面食らって、「英語で？」

「向うの人だよ。ハロー、ミス何とか、って言ってる」

「じゃ、なごみさんを呼んで！　お母さん、だめよ、英語でなんて話せない」

「だって——あの——ええと、ちょっと、今——。ジャスト・モーメント！　プリーズ！　ええ、プリーズね！」

珠実が、ほとんど叫ぶように、「なごみさん！　電話！」

その切羽詰った声に、びっくりしてなごみが飛んで来た。

「英語なの！」

「ごめんね！」

なごみがケータイを受け取ると、「ハロー。——ザッツ・オーケー」

話しながら居間を出て行った。

「ああ、びっくりした！」

と、珠実は目を丸くして、「お母さん、ちょっとはしゃべれるんでしょ？」

「だって……外国行ったのなんて、ずっと前だし……。でも、珠実ちゃん、よく言えたわね、『ジャスト・モーメント』なんて」

「ついこの間、映画で見た」

と、珠実は爽香をにらんで、「お母さん、大学行ったんでしょ。それぐらい言えないの？」

「そりゃ、落ちついて考えれば……。ねえ、お母さんに恥かかせないでよ」

それを聞いた三田村朋哉が笑って、

「杉原爽香さんにも苦手なことがある。うん、これは秘密情報ですな！」

「苦手だらけですよ！」

と、爽香は苦笑して言った。


取り寄せたピザやオードヴルで、お腹は充分一杯になった。

「凄く優雅な一夜だったわね！」

と、帰り仕度をしながら、今日子が言った。

「すっかりごちそうになって……」

と、爽香が言った。

「いいえ！　本当に楽しかったわ！　ぜひまた遊びにいらして」

三田村麻子は心から楽しそうだった。「こんな風に一家が揃うのなんて、何年ぶりでしょ」

「そこは爽香さんの人徳だ」

「三田村さん……。それ以上おっしゃられると、照れくさくてかないません」

と、爽香は言った。

「ぜひ、皆さん、爽香さんの五十歳のパーティにいらして下さいね」

たんです」

と、なごみが言った。「これを必ず言ってくれって、久保坂あやめさんから頼まれて

「あやめちゃんが？　まあ」

「これ、詳細です」

なごみはバッグを開けると、爽香の〈五十歳の祝い〉の会について、日時、会場など

をメモしたものをみんなに配った。

「正式な招待状は、もちろん改めてお送りします。ご予定に入れておいていただければ

……」

「承知しました」

と、朋哉が肯いて、「我々は打ち揃って伺いましょう」

「招待状はこちらのマンションにお送りしてよろしいですか？」

「ええ、まとめて送って下さい」

と、奈美が言った。「私、配って歩きますから」

「皆さん、お忙しいでしょうから、どうかご無理なさらないで……」

と、爽香がおずおずと言ったが、当人の発言は無視されていた。

「そういえば――」

と、今日子が言った。「さっきの英語の電話って、何だったの？」

なごみが涼と顔を見合せて、

「まだ正式な決定じゃないんですけど、この間の涼君の写真が、ロンドンの旅行代理店でとても気に入ってもらえて」

と、涼の手を握った。「ロンドンで写真展を開くことになりそうなんです」

「それはすばらしい」

と、信行が言った。「いいものにはチャンスを与える。そういう文化は有益です。ぜひパリでも」

「これからですよ」

と、涼が照れて、「でも、ロンドンの町や人を撮る機会になる。それが楽しみです」

「みんな、どんどん外国へ出て行くわね」

と、爽香は言った。「私は今の場所で動けないけど、若い人たちには、世界を見てほしいわ」

「私、留学したい」

と、珠実が言ったので、爽香はあわてて、

「まだ早いでしょ！」

笑いが起った。

「にぎやかだったわね」

客が帰った後、居間で麻子はひと息ついていた。

「ああ。しかし、感じのいい人たちだから、疲れない」

と、朋哉が言った。

「本当ね。——お父さん、帰るんでしょ？」

「ああ。しかし……。克郎はどこへ行った？」

「さあ……。そういえば、健児もいないわね」

奈美がチラッと朋哉を見た。——祖父が克郎と話してくれることになっていたのだ。

「健児兄さんは、普通のエレベーターに乗って行ったわよ。何か他の部屋に用があるんだって。克郎兄さんは……」

「まあいい」

と、朋哉は言った。「信行、お前はこのマンションに泊るのか」

「そのつもりだけど」

「ちょっと話がある。車で出よう」

「いいけど……」

「ホテルのバーに行こう」

「分った。ちょっと待って」

奈美は、そっと朋哉の方へ寄って、

「お祖父ちゃん——」

「心得てる。心配するな」

と、朋哉は言った。「克郎の奴、何か言われそうだと分ってたんだろう」

「困っちゃうわね。どこに行ったんだろ？」

信行がコートを腕にかけて戻って来ると、

「じゃ、行きましょう、お父さん」

と言った。

二人を送り出して、奈美はちょっと首をかしげた。——お祖父ちゃんが、叔父さんに何の話があるんだろう？


帰りのタクシーで、珠実はすぐにぐっすりと寝入ってしまった。

今夜は明男もワインを飲んでいたので、タクシーにしていた。

「——優雅な一族って感じだな」

と、明男は言った。「住む世界が違う」

「確かにね」

と、爽香は肯いて、もたれかかって眠っている珠実の頭をそっと撫でた。「でも、問題を抱えてない家なんてないわよ」

「あの一家もか？」

「気付かなかった？　あの奈美さんは呑気にしてるけど、お兄さんたちは、そうピアノを楽しんでる風じゃなかった」

「ああ、そういえば……。克郎さんといったか、ニューヨークから帰って来てるって人が、何度かこっそり廊下で電話してたな。トイレに立ったとき、話してるのがちょっと耳に入った。『今は話せないんだ』と、困ってる様子だったよ」

「三田村朋哉さんは若いころから海外を飛び回って、相場で当てて大儲けしたらしいわね。そのお金で、地方の企業で危ないとこを買収しては立て直して、大きなグループにしたらしい。――でも、政治家とかと一切係りを持たないで来たので、財界ではあまり知られてないのね」

「商売の好きな人なんだろう。そんな感じだ。何かというと、すぐ政権にすり寄って稼ごうとする経営者が多いけど」

「そういう爽やかさがあるわね。栗崎様が三田村さんを気に入ってるのも分るわ」

「しかし、息子はピアニストだろ」

「息子や孫に継がせる気はないみたいよ。そんな器量のない人に継がせても可哀（かわい）そうですものね」

「爽香のことを〈回想録〉に書くんだろ」

「やめてほしいけど……。でも、そんなに読む人がいるとは思えないわ」

爽香の言葉は、希望のように聞こえた。

爽香は欠伸をして、

「明日、帰りに里谷先生の病院に寄って来るわ」

「もう大丈夫なのか？」

「普通に話ができるようだから、ちょっと確かめたいことがあるの」

「また物騒なことになるんじゃないのか？」

「そうならないようにと思ってるけど……。何よりも、珠実ちゃんが巻き込まれて、危険な目にあうのを防ぎたい」

「学校のことだな？　珠実が言ってた──」

「里谷先生のメール。〈柱の下〉ってどういう意味だったのか、里谷先生本人に訊かないとね」

「俺の手伝うことがあるか？」

「大丈夫。今のところはね」

「何だか怪しいな」

と、明男は苦笑して、「何ならいつでも用心棒をやるぞ」

「ありがとう」

爽香は素早く明男にキスした。

とたんに爽香のケータイが鳴り出す。あわてて出ると、

「どうも色々……」

と、わけの分らないことを言った。

松下からだったのだ。

「明日、会えるか」

松下が言った。「三十分あればいい」

「もちろんです。じゃ……午後三時半に〈ラ・ボエーム〉で」

「了解だ」

松下の口調に、爽香がこれまでにも何度も聞いて来た緊張感があった。

「何かあったんですね」

「まあな。ちょっと重たい話だ。そのつもりで来い」

「分りました」

詳しい話は直接でなければ聞けないと分った。——一体何ごとだろう？

16 隠れた傷

奈美はマンションの一階のロビーへ下りて来た。

ロビーはメインの照明が消えて、薄暗くなっている。もちろん手探りするほどではなかった。

「たぶん、今のが……」

マンションの八階から、妙な車の動きが目に入ったのだった。同じ車が、何度もマンションの前を通る。それも同じ方向に。

つまり、このマンションの周りをぐるぐる回っているということだろう。

もしかすると、克郎かもしれない、と思っていた。何か車で密談でもしているのか。

見ていると、またその車がマンションの前を通り過ぎて行く。

奈美は、その車の窓の中に、チラッとだが克郎の横顔を見たような気がした。

「やっぱりそうだったのかしら……」

ロビーから扉を開けて表に出る。また同じ車が戻って来るだろうか?

車のライトが目に入った。奈美はとっさにマンションの玄関前の張り出しに立つ太い円柱のかげに身を寄せた。夜は照明も暗いので、車からは見えないだろう。

するると、車がやって来たと思うと、今度はマンションの前で停った。そしてドアが開くと、中から克郎が突き飛ばされて、転り落ちて来たのだ。

奈美はびっくりして息を呑んだ。顔を上げた克郎へ、車の中から、

「いいか！　これが最後だぞ！」

という言葉が投げつけられた。「次は命がないからな！」

ドアが荒々しく閉じられ、車はスピードを上げて走り去った。

克郎が、よろけながらやっと立ち上る。

ロビーの薄明りに、克郎の顔が浮んだ。

「お兄さん！」

思わず声をかけると、克郎が目をみはって、

「お前……何してるんだ」

「何があったの？　唇が切れてる。血が出てるわよ」

「いいんだ。――黙っててくれ」

「でも――」

「何でもないんだ！　放っといてくれ！」

脇腹を押えて、克郎は片足を引きずるようにして中へ入って行った。

おそらく殴られたのだろう。奈美は兄を追って入ると、

「痛むの？　ちゃんと病院で診てもらった方が——」

「大丈夫だ！　いいか、誰にも言うなよ！」

と、投げつけるように言うと、克郎は直通エレベーターに一人乗って行ってしまった。

何かあったのだ。やはり、仁田みすずの言っていた「ラッキー」というグループと係り合っているのだろう。そこで何かまずいことがあった……。

「やっぱりお祖父ちゃんに言わなきゃ」

直通エレベーターが一階へ下りて来る。扉が開くと、奈美は思わず声を上げた。

エレベーターの中で、克郎が倒れている。そして体を折って、呻いていたのだ。

「お兄さん！」

「腹が……破裂しそうだ……」

「待って、今救急車を——」

奈美がケータイをポケットから取り出すと、克郎が、

「よせ！　救急車はやめろ！」

と叫んだ。

「そんなこと——」

「どこか近くの病院に……」

と言いつつ、唸り続ける。

そうだ。——今夜、ピアノを聴きに娘さんと来ていた人、外科医だった。

ケータイ番号を交換していた。そう、浜田今日子っていった。急いでかけてみると、

「——浜田です」

と、すぐに出てくれた。

「三田村奈美です。兄が今——」

震える声で話す間も、克郎が呻いている。

「その声はお兄さん？」

と、今日子が訊いた。

「そうです。でも——」

「車、出せます？　私のS医大病院はそこから近いわ」

「あ、分ります」

「じゃ、車で至急運んで下さい。連絡しておきます。私もすぐ向いますから」

「はい！」

幸い、キーホルダーに車のキーも付いている。奈美は何とか兄を支えて立たせると、歩かせようとした。

入居者用エレベーターが下りて来ると、健児が出て来た。

「良かった！　お兄さん！」

健児が目を丸くして、

「どうしたんだ？」

「お願い、私、車を回すから、正面に！」

克郎を健児へ任せて、奈美は駐車場へと走った……。


「お祖父ちゃん」

奈美は廊下の長椅子から立ち上って、「今、手術を……」

「すまん」

と、三田村朋哉は難しい表情で、「まさかこんなことになるとは……。お前から相談されていたのにな。もっと早く話をしておくべきだった」

長椅子に並んで座ると、

「麻子には、家で待つように言った。ここに何人もいても仕方ない」

「杉原爽香さんのお友達が――」

「うむ。度々世話をかけてしまったな。爽香さんは知っているのか」

「浜田先生が連絡したみたい。でも、緊急手術だったから、通じたかどうか知らない」

深夜の病院は静かだった。

「お祖父ちゃん、克郎兄さんはやっぱり……」

「まずいことに手を出しているのは、少し前から分っていた。表立って問題になる前にニューヨークの方と話をつけようとしていたんだが、間に何人も入るので手間取ってた。——克郎はビジネスに向かんのだ」

「そんなこと言っても……」

「もちろん、今は生きていてくれることが大切だ。——お前のおかげだな」

「うん……。あのとき、気が付かなかったら……」

しばらく二人は黙って座っていた。

一時間ほどして、浜田今日子がやって来ると、

「大丈夫です」

と、まず言った。「ひどく殴られたようで、内臓破裂の一歩手前でした。早く開いて止められました」

「ありがとうございます！」

と、奈美はホッとして言った。

「ただ、これは暴行事件です。病院としては、警察へ通報しなければなりませんので、ご了解下さい」

「承知しています」

と、朋哉が肯いて、「何とお礼を申し上げていいか……」

「しばらくは入院になります。その説明は明日にでも。——爽香にはメールしておきます」

そう言って、今日子は会釈して立ち去った。

と、奈美は言った。

「——お母さんに電話する？」

「私がしよう。お前は疲れたろう。帰って休め」

そう言われると、奈美は急に立っていられないほどくたびれてしまった。

「お祖父ちゃん、車ある？」

「ああ、もちろん」

「家へ送って。でも、車の中で寝ちゃいそう……」

奈美はそう言いながら、朋哉の肩につかまっていた。


「もしもし、今日子？　メール読んだ。大変だったね。ありがとう」

爽香は会社を出て、〈ラ・ボエーム〉へ向っていた。松下と待ち合せている。

「手遅れにならなくて良かった」

と、今日子が言った。「でも、あの一家にね、あんな面があったなんて」

「詳しいことはまだ？」

「医者が知らなくてもいいことだけどね。でも、あの克郎さんも命拾いしたわよ」

「三田村朋哉さんから、私の方にもお礼の電話があったわ。じゃ、また何かあったら教えて」

ちょうど〈ラ・ボエーム〉に着いた。

店が〈ＣＬＯＳＥＤ〉になっている。

中へ入ると、松下がコーヒーを飲んでいるところだった。

「内密のお話ってことでしたので、閉店しておきました」

と、マスターの増田(ますだ)が言った。

「ごめんなさい。営業妨害ね」

「とんでもない」

増田はエプロンを外して、「ちょっと出かけています」

「よろしく」

爽香の前にコーヒーを置いて、増田が出て行った。

「松下さん……」

「気のきく男だな」

「ええ、本当に」

爽香はコーヒーをひと口飲んで、

「どんな話なんですか？」

「気の滅入る話さ」

と、松下が言った。

そして、ちょっと息をつくと、

「去年の五月に、あの中学の三年生が修学旅行に行った。俺のころは、修学旅行といえば秋だったような気がするが」

「三年生の秋は、受験勉強をしなきゃいけないので、今は春にやるんですよ」

「そういうことか」

と、松下は肯いた。「その修学旅行先の旅館で、何かあったんだ。そして夏休みに、女子生徒の一人が妊娠していると分った」

「そういう話ですか。――もうその生徒は卒業してますよね。今、問題になるってことは……」

「分るだろう」

「妊娠させたのは教師」

「そういうことだ」

「その子は？」

「夏休み中に中絶手術を受けたが、精神的に参ってしまい、しばらく入院した」

「では、その件は表沙汰にならずに？」

「学校としては、校長以下、何人かが生徒の家へ謝りに行って、それで片が付いたと思っていた。しかし、卒業式の日、その生徒が姿を消した」

爽香はじっと松下を見つめて、

「見付かったんですか？」

と訊いた。

「まだだ。しかし、生徒のケータイから、親に〈一人になりたいから、捜さないで〉というメールが入ったので、警察にも届けていないらしい」

「でも、そんなことを……」

「親としては、娘の気持が分らなくて、どうしていいか迷っているというところだろう」

「相手の教師は何か知らないんですか」

「一切この件に関してはしゃべらないように言われてるようだ。実際、週刊誌辺りが、かぎつけてるらしいが、記事にするほどの材料がない。それに——今の校長は、区の教育委員長とか、もっと上の誰かと親しいらしい」

「そんなこと、どうでもいいですよ。肝心なのは、その子を見付けることでしょう」

「ああ。しかし、学校側はすでに卒業した子のことだから関係ない、と言い張ってますつもりのようだ」

爽香は息をついた。コーヒーをゆっくりと飲んで、

「――今の話は、どの程度知られてるんですか？」

「俺が話を聞いたのは、学校をこの三月で辞めた、元教師さ。もちろん、学校からは絶対に口外するなと釘を刺されていたそうだ」

「お知り合いの方ですか」

「昔、ちょっとしたことでな。校長とは仲が悪かったらしい」

「その件が、またくすぶってるわけですね。珠実ちゃんの担任の先生が、何かを知ってしまった……。当然、里谷先生は去年の出来事も知っていたはずですね」

「そうだろうな」

「今になって命を狙われるとしたら……。やっぱり、先生に直接訊くしかないですね」

「行方不明の子のことまで手を出すと、それこそ危いんじゃないか？」

「でも、見過しておけませんよ」

松下はちょっと笑って、

「そう言うと思った」

「これから会議があって。――夜になりますけど、松下さん、付合ってくれます？」

「その先生の所にか？　俺が何か役に立つのか」

「そんな予感がしてるんです」

と、爽香は言って、コーヒーを飲み干した……。

克郎はうっすらと目を開けて、

「――奈美か？」

と、力のない声で言った。

「私です。みすず」

「ああ……」

病室のベッドで、痛み止めの点滴をしている克郎は、「ボーッとしてるんだ。よく見えない……」

「いいですよ」

と、仁田みすずはベッドの傍の椅子にかけて、「ひどい目にあったのね」

「自業自得だ。――でも、そう思っても痛いことは同じだ」

「命が助かっただけでも」

「妹の奴がな……。車をぶっ飛ばしてたのは何となく憶えてる」

「奈美さんは、さっきマンションに戻りましたよ。夜、またみえるって」

「みずず……。俺と付合ってたことは忘れろ。お前のためだ」

と、克郎は言った。

「私、何も知らないもの」

「それが通用する相手じゃない。もう見舞にも来るな」

「そう言うなら……。じゃ、早く良くなるといいわね」

みすずが立ち上ると、

「おい、ちょっと……」

と、克郎が急いで言った。

「え？」

「な……。ちょっとキスしてってくれ」

みすずが苦笑いすると、そっと身をかがめて克郎の唇に唇を重ねた。

「――また来ますね」

「うん。ありがとう……」

克郎は笑みを浮かべて目を閉じた。

17 警　告

「そこで停めろ」

と、松下が突然言った。

タクシーは病院の正面まで行かず、少し手前で停った。爽香は当惑して、

「どうしたんですか？」

と、タクシー代を払って、一緒に降りた。

「病院の正面に車が停ってたんでな」

見れば、確かに黒塗りの高級車が正面につけていて、ドライバーが車から出てタバコを喫(す)っている。

「あの車が何か？」

「ドライバーだ」

と、松下は言った。「顔を知ってる。少しここで待とう」

詳しく訊くのは後回しだ。松下の言葉に従った方がいい。

二人で、里谷美穂に会いに行くところである。

爽香が会議で遅くなったので、もう夜だった。しかし、面会はいつでもできるように話してあった。

二人が表通りで目立たないように待っていると、十分ほどして、病院から出て来た男がいる。ダブルのスーツを着た、政治家風の男だ。ついて来ているのは若い男で、どう見ても秘書に違いない。

男たちが車に乗り込む。あのドライバーが運転して、車は病院を後にすると、夜道へ消えた。

「行こう」

と、松下が促した。

二人は病院へ入ると、エレベーターに乗った。松下がやっと口を開いて、

「あの偉そうにしてたのは、文科省の副大臣だ」

と言った。「平野(ひらの)といって、次の大臣かと言われてる」

「顔は見たことが。そんな名前でしたね」

と、爽香は肯いて、「まさか――里谷先生の所に？」

「分らん。訊いてみないとな」

いやな予感がした。

エレベーターを降りると、爽香はナースステーションに寄って、

「里谷先生は起きておいでですか」

と訊いた。

「ええ、今しがた、お見舞の方がみえて、お帰りになったばかりです」

と、若い看護師が答えた。

そばにいた看護師が、

「言っちゃだめって言われてなかった？」

「聞いてました。でも、感じ悪いんですもの、あの人。偉そうにして」

居合せた看護師たちが笑った。みんな同感なのだろう。

爽香と松下は顔を見合せた。やはりそうだったのか。

「――先生」

病室へそっと入って行くと、爽香は静かに声をかけた。「杉原です。今、よろしいですか？」

しばらく返事がなかった。

聞こえていないわけではなかった。里谷美穂はじっと天井へ目を向けて、しかしはっきり目は見開いていたのだ。

爽香は待っていた。しばらくして、ゆっくりと頭をめぐらせると、

「来て下さったんですね……」

と、少しかすれた声で言った。

「いかがですか」

松下は中へ入った所で足を止めていた。

「こちらは松下さんといって、私が何かとお世話になっている方です。世間の表も裏もよく知っている人なので、先生のお話を聞いてほしいと思って、一緒に……」

「そうですか。でも……」

里谷美穂は、ちょっと声を震わせて、「お話しできることは何もないんです。ごめんなさい」

と、一気に言った。

そう口にするのが辛そうだった。

「先生……」

「珠実さんに伝えて下さい。もう忘れて、と」

「それは、珠実が見付けたコピー原稿のことですか」

「杉原さん、珠実さんのためです。私は——私はどうなってもいい。でも、生徒たちのことは……」

「分りました。先生、無理をしないで下さい。先生を苦しめたくありません。だって、先生は何も苦しまなきゃいけないようなことをしてないんですもの。先生がこんな目にあう理由はないんです」

美穂は深々と息をついた。

「どうして……こんなに生きにくい世の中になったんでしょう……。杉原さんのことは聞いています。これまで、ご自身の信念を貫いて来られたこと。杉原さんのような方がいるから、私みたいな人間でも、希望を持っていられます」

「先生……」

「珠実さんは幸せですね。こんなお母様がいて……。でも、私は生徒たちに手本を示すことができないんです。情ない、だらしない大人の見本にしかなれない……」

「先生のお立場は分ります。誰でも、それぞれの立場があって、辛抱しなければならないこともあります。子供たちも、いずれ後になって、先生の悩みを理解しますよ」

「杉原さん――」

「ただ、一つだけ。今年卒業した女子生徒の行方が分らないこと、ご存じですね。その子の身が心配なんです。もし先生が何か知っていたら、教えて下さい」

爽香は、ゆっくりと、ひと言ずつ力を込めて語りかけた。「何か、手がかりになるようなことを教えて下さったら、後は私と松下さんが調べます。先生の名前は決して出しません」

美穂は苦しげに眉を寄せて、両手は固くシーツを握りしめていた。

松下が、

「たぶん、それが一番言えないことなんだろうな」

と言った。「俺たちで何とかしよう」

「そうですね。——すみません、先生。先生を苦しめるつもりでは……」

爽香は、そこまで言ってから、「〈柱の下〉というのは、校庭に立っている柱のことですか」

と訊いた。

美穂が訴えるような目で爽香を見た。——それは答えになっていた。

「失礼します、先生」

爽香はそっと手を伸し、美穂の手に触れて、ベッドから離れた。

爽香と松下は、エレベーターで一階に下りて、やっと口を開いた。

「何とか捜せますか？」

「やってみよう」

と、松下は言った。「しかし、あんな真面目な教師まで脅したり、ひどいことをするもんだ」

「あの平野という議員ですね」

「先生にとっちゃ、職を奪われるのは何より辛いだろう。平野が今の校長と親しければ、教師一人クビにするぐらい、どんな理由もつけられる」

「でも……」

爽香は病院を出ながら、「織田という先生だけじゃなくて、あんな大物政治家がわざわざ出向いて来るなんて、学校側がかなり危機感を持っているってことですよね」

と言った。

「確かにそうだ。しかし、政治家の身辺は調べやすい。何といっても公人だから記録が残る。それに必ずどこかの派閥に属してるだろうから、敵になっている派閥から、ただの噂話でも耳に入れられるだろう」

「松下さん」

「何だ？」

「ここまで係ってしまっている以上、何もかも突き止めなくては。どう思います？」

と、爽香は訊いた。

「俺がどう思うか、じゃなくて、お前はもうその覚悟でいるんだろ」

と、松下は「仕方ない奴だ」とでも言うように苦笑した。

「——行方が分らなくなってる子のこと、詳しいことは分りますか」

「調べよう」

「会って話ができたら……。里谷先生を救いたいんです」

「そうだな。その点は同感だ」

「それと――」

「まだあるのか？」

「〈柱の下〉ですよ。もし、珠実ちゃんの言ってた、校庭の柱のことだとしたら、調べてみたい」

「うむ……。どうかな、あの先生はそのことも訊かれただろう。もし、そのコピー原稿の一枚が隠してあるとしたら……」

「私なら、捨てたとか、燃やしたと答えます。向うも信じるでしょう」

「そうだな。しかし――どうやって調べる？　学校の中だぞ」

爽香も、すぐには答えられなかった。そして、肩をすくめると、

「考えます」

と言った……。


「帰ったの、お母さん」

爽香が帰宅すると、珠実がお風呂から上って、パジャマ姿で居間へ入って来た。

「夕飯、食べた？」

「うん、冷凍のピラフと、他のおかずで」

「ごめんね、作ってあげられなくて」

爽香がそう言うと、

「そんな言い方、お母さんらしくないよ」

と、珠実に言われてしまった。「私、ちっとも不満じゃないよ。お父さんだって」

「お父さんは？」

「今、お風呂に入ったところ」

「そう。じゃ、私も続いて入れるように、仕度しとくかな」

爽香は伸びをした。

「お母さん」

「うん？　なあに？」

「たまにはお父さんと一緒に入ったら、お風呂」

爽香は面食らって、

「何よ、突然」

「夫婦のスキンシップは大切だよ」

「ちょっと……」

どう返していいか分らず、「子供が心配することじゃないの！」

と言ってしまったが、

「もう子供じゃないよ。ちゃんと生理だってあるんだから」

と言い返されると、爽香もぐっと詰ってしまった。

「――分った。珠実ちゃんが心配してくれるのはありがたい。でも、夫婦の仲については、夫婦に任せて」

「まあ、いいけど」

「どうして急にそんなこと言い出したの？」

「里谷先生のことがあるから」

「里谷先生のこと？」

爽香は、里谷美穂と、行方の分らない女の子のことについては、珠実に話していなかった。珠実を危険な目にあわせたくない。

「本当はね、私も知らなかったんだ」

と、珠実はいたずらっぽく笑って、「由香から聞いたの。あの子のお母さん、父母会の幹事だから、色々話が耳に入るんだって」

「由香ちゃんって、斉藤由香ちゃん？」

「うん。里谷先生の『彼氏』のこと、聞いたの」

「里谷先生の……。知ってる人なの？」

「先生だよ。私は習ってないけど」

と、珠実は言って、「あ、お母さん、誰にも言っちゃだめだよ」

「分ってるわよ。何ていう先生？」

「国語の先生で、吉永っていうの。吉永小百合の〈吉永〉ね」

「里谷先生がその吉永先生と……」

「婚約までしてたんだって。でも、何だか事情があって結婚の話がずっと延期になってるらしいって。そういう話、由香のお母さん、大好きなんだ」

「そう。――お見舞に行ってるのかしら？　もちろん、私たちが会ってなくて知らないだけかもしれないけど」

「でも、私、あの人に里谷先生はもったいないと思うな。見たとこパッとしないのはともかく、何だか暗い感じの人なの。里谷先生と、一つ二つしか年齢が違わないと思うけど、老けてる」

女の子の目は厳しい。爽香は苦笑して、

「もう寝なさい。宿題ないの？」

と言った。

「来るなと言ったり、来てくれと言ったり……」

仁田みすずは、大学を出ると、そう呟いて、「どうしようかな……」と、足を止めた。

入院している三田村克郎を見舞に行くかどうか、迷っていたのだ。

正直、付合ってはいたものの、特別に魅力を覚えていたとは言えない。しかし、ああして、「下手をすれば命を落としたかもしれない」というほどの暴行を受けてベッドに横になっている克郎の姿を見ると、放っておけない気持になってしまうのだ。

病院には、奈美が通っているようだが、一日中そばにいられるわけではない。

「行ってみようか……」

同情でもあったが、一方で、克郎が見栄を張るだけの余裕もなく、情ない姿を見せていることに、みすずは心を打たれたのである。

妙な話かもしれないが、正直にならざるを得なかった克郎に、初めて心ひかれたと言っていいかもしれない。

「甘いものでも買って行こう」

プリンなどを買って行って、食べさせてやると、とても嬉しそうにする。

みすずは大学から十五分ほどの商店街へと向った。――学生に人気のケーキ屋がある。

プリンかババロアを二つ買って行って、一緒に食べよう。克郎はきっと喜ぶだろう。

みすずは子供の面倒をみている母親の気分だった。

もちろん、少し離れてみすずの後をついてくる男のことなど、全く気付かなかったのである。

18　危い一歩

「斉藤さん！　ありがとう、本当に助かったわ」

と、担任の田中礼子は言った。「誰も教えてくれないんだもの」

校庭一杯に、生徒たちが広がっている。

体育祭のためのダンスのリハーサルが行われていた。

「〈記録係〉っていっても、何をするのか、さっぱり分らなかったわ」

入院している里谷美穂の代理として突然担任を任されてしまった田中礼子が困ったのは当然のことだろう。

「任せて下さい、先生。杉原さんと二人でしっかり撮りますから」

と、斉藤由香は言った。

「お願いね。でも、二人ともダンスに参加できないのは残念ね」

「来年もありますから」

と、珠実が言った。「ね、由香」

のだ。

「うん。先生、しっかりダンスの振り付け、憶えて下さいね」

「あ、そうだ！　人の心配してる場合じゃないわね」

本番では先生たちも一緒にダンスをする。田中礼子はこのダンスもやったことがないのだ。

音楽がスピーカーから流れ始めた。

田中礼子があわてて教師たちの列へと駆けて行った。

「角度、どう？」

珠実は台の上に上って言った。

ビデオカメラに三脚を取り付けても、そう高い位置にならない。珠実と由香は、体育の先生に頼んで、足場になる台を貸してもらった。

高さは一メートルほどだが、その上で撮ると、校庭に広がる生徒たちをほぼ洩れなく画面に入れることができた。

「ちゃんと録画してる？」

「大丈夫」

と、由香がカメラの画面を見て言った。

「珠実が持って来てくれて良かった」

ビデオカメラは珠実が家から持って来たものだ。学校のカメラを借りてもいいと言われていたが、タイプが、もう何年も前のもので古い。

珠実の家では、やはり仕事上の必要もあって、爽香が新しい型のカメラを買っていた。

「ちょっと見せて」

珠実もカメラの画面を覗いたが、「うーん、もうちょっと上げた方がいいかな。端の方の子が、少し先生たちに隠れちゃう」

「そうだね。じゃ、撮ったのを再生してみて考えよう」

ダンスが始まった。——二年生、三年生は初めてではないので、楽しそうに踊っている。一年生は間違えないように必死だ。

そのとき、珠実はダンスの列から体育の先生がスッと離れたのを目にとめた。そして、織田先生に声をかけると、二人して、校庭の隅へと向った。——あの〈柱〉の方へ歩いて行く。

「由香」

と、珠実は由香をちょっとつついた。

「あ、あの柱……」

珠実から、里谷先生の〈柱の下〉のことを聞いていた由香は肯いて、「二人で抜くのかな」

体育の先生は、体つきもがっしりしている。二人ならあの柱を抜くことぐらいそう難しくないだろう。

二人が、あの柱を抱え込むようにして、持ち上げる。――まさかリハーサルのときに抜くとは思わなかったが……。

「よし、そっちへ立てかけておこう」

と言っているのが聞こえた。

抜いた柱を二人で運んで行き、校舎の隅の壁に立てかけた。

二人が手を払いながら、ダンスの列へ戻って行く。

一旦、曲が終って、

「元気がないぞ！　もっと弾んだ感じで。ちっともダンスになってないぞ！」

と、指導の先生がマイクを持って言った。

「もう一度、リズムに乗って！　いいか！」

音楽が初めから鳴り出した。

先生たちは生徒たちの方へ向い合うようにして並んでいるので、カメラを撮っている珠実たちには半ば背を向けている。

「由香、頼むね」

あの二人は、柱を抜いた後の穴を覗いていなかった。もし、里谷先生が穴の中に何かを隠しているとしたら――。

珠実は台から飛び下りると、素早くあの穴へと駆けて行った。そして中を覗き込む。

しかし——穴の中には何もなかった。

え？　そんな！　どうして？

そう思ったものの、何もないことはひと目で分る。しかし、珠実はちょっとの間、諦めきれずにその穴を覗いていた。

でも——仕方ない。

珠実はビデオカメラをセットした台へと駆け戻って行った。

「——珠実」

「何もなかった」

「そう。でも……」

「どうしたの？」

「今、織田先生、振り向いて珠実のこと、見てたよ」

「本当？」

珠実は織田の方へ目をやったが、織田は生徒たちと一緒に、ダンスを踊っていた。

「私のこと、見てた？」

「うん、確かに」

と、由香が肯く。「どうする？　大丈夫かな」

珠実はちょっと考えていたが、

「心配いらないと思うよ」

と言った。「由香は、もし何か訊かれても、知らないことにしといてね」

「うん、分った」

――リハーサルは、あと二回、都合三回ダンスをくり返して終った。

「よくできたわけじゃないぞ！」

と、指導の先生は不満そうだったが、生徒たちの方が、もうくたびれて来ていた。

「よし、それじゃ、これで終る！」

と、先生が言うと、生徒たちはアッという間に散って校舎へと戻って行った。

今日はこのリハーサルが終ったら帰っていいということになっているので、みんな早いこと。

しかし、珠実たちは、カメラを三脚から外し、下の台も返しに行かなくてはならない。

だが、そこは珠実の顔の広さで、予め頼んでおいた男子生徒が台を運んでくれることになっていた。運んで来たのとは別の子たちで、二手に分けた方が頼みやすいという珠実の計算だった。

「由香、台を返す所まで、ついて行ってくれる？　私、カメラと三脚を持って教室に行ってる」

「分った。――体育館の裏の方だよ」

由香が、男の子たちの先に立って行く。珠実がカメラと三脚を抱えて校舎の方へ歩き出すと、

「杉原」

と、織田が呼び止めた。

「はい」

「どうだ？　うまく撮れたか？」

「大丈夫ですよ。今のカメラ、本当に高性能だから」

「そうか。本番もよろしく頼むぞ」

「はい」

織田はそれだけ言って行ってしまった。珠実はホッとした。

教室に戻ると、もう他の子はほとんど帰ってしまっている。

珠実はカメラの画面で、今撮った映像を再生した。大丈夫。ピントもしっかり合っている。

珠実は自分の鞄(かばん)からスマホを取り出すと電源を入れた……。

「無理に来なくていいんだよ」

と、ベッドで克郎が言うと、仁田みすずは笑ってしまった。来る度にそう言うのだが、みすずが帰ろうとすると、

「もう帰るのか？」

と、つまらなそうな顔をするのだ。

「いいのよ。好きで来てるんだから」

みすずはそう言って、「人気のババロア、買って来た。二人で食べよう」

「そうか。悪いな」

克郎は、すっかりみすずに甘えるようになっていた。それはそれで、みすずにとっては嬉しいことでもあった。

「はい、アーン」

と、食べさせてやったりすると、克郎はニコニコして、傷の痛みも忘れているようだった……。

「あら、楽しくやってるのね」

と、病室に入って来たのは奈美だった。

「すみません、ちょくちょくやって来て」

「いいのよ！　私の方こそ、お礼を言わなくちゃ」

と、奈美が言って、「お兄さん、後でお祖父ちゃんが話があるって。ここへ来るそう

よ」

「そうか。——叱られるだろうな」

「仕方ないでしょ、自分のやったことなんだから」

「じゃ、私は失礼します」

とみすずが言った。

「急がなくていいのよ。まだそうすぐには——」

「そうだ。ババロアを食べ終えてからにしてくれよ」

と、克郎がふくれっつらになった。

何やかやと、三十分ぐらいしてから、みすずは克郎の病室を出た。

奈美がすぐ後から出て来て、

「ありがとう、いつも」

と、声をかけた。

みすずは、病院を出ると、駅への道を歩き出した。——克郎に頼られて、今は楽しいがそういつまでも、というわけにはいかない。

克郎は、ああいう家に生まれて、もう三十四歳だ。みすずとひと回り以上も年齢が違う。

みすずも大学生同士の付合があり、そういつまでも克郎の相手をしてはいられない。

でも、退院するまでは……。

車が一台、みすずのそばへ寄せて停ると、男が二人降りて来て、みすずの前後を遮った。

「あの——」

「車に乗れ」

「でも……」

「黙って乗れ」

みすずは男の手にナイフが光るのを見て、青ざめた。車へ押し込まれると、両側を男たちに挟まれ、身動きができなくなった。

車はすぐに走り出した。

「お前、仁田みすずっていうんだな」

「ええ……」

「三田村の女だろ。分ってるんだ」

「私……克郎さんのお見舞に行っただけです」

「充分だ」

「あの……どういうことですか？」

と、みすずはやっと言った。

「上の方じゃ、三田村の件で話をつけようとしているらしいけどな。俺たちは奴のせいで損をしてるんだ」

と、男の一人が言った。「その分は払ってもらわないとな」

「お金ですか？　私――」

「奴に請求してやる。お前はその担保ってわけだ」

男はみすずの体に腕を回して言った。「奴のせいなんだ。恨むなら、奴を恨めよ」

みすずはもう何も言えなかった。

「ちゃんと撮れてるわね」

と、田中礼子が、珠実たちのビデオカメラの映像を見て、ホッとした様子で言った。

「良かったわ。じゃ、本番のときもよろしくね」

「はい」

と、由香が言った。「先生もちゃんと映ってますよ」

「いやだわ。私、初めてだから全然しっかり踊れてないのに」

と、田中礼子は恥ずかしそうに、「私だけカットできない？」

「そんなの無理ですよ」

珠実たちと先生、三人の笑い声が、教室に響いた。

珠実と由香は一緒に教室を出た。

「私、ちょっとトイレに寄ってく」

と、由香が言った。

「うん、じゃ靴箱の所で待ってる」

珠実はカメラと三脚の入った手さげの袋を持って、先に廊下を歩いて行った。

「杉原」

突然、目の前に織田が現われて、珠実はびっくりした。

「先生――」

「お前、何をしてたんだ」

「え？」

「校庭で、柱を抜いた穴を覗き込んでただろう。何をしてたんだ？」

織田の口調は、いつもと違っていた。

里谷美穂の病室で、彼女を脅すように言っていたときのような、鋭い目つきと言い方だった。

「私、別に……」

「嘘をつけ。あのとき、どうしてあんな所を覗いてたんだ」

迫ってくる織田に、珠実は思わず後ずさった。

19　もう一つの顔

「正直に言え！」

織田に迫られて、珠実は壁にまで後ずさった。もうこれ以上さがれない。

「どうなんだ？」

目をぎらつかせて問い詰めてくる織田を見ている内、珠実は逆に恐ろしくなくなって来た。

もちろん、相手は大人の男で、危険なのは分っている。でも——「先生」なのだ。

今、自分が「先生」であることを忘れてしまうほど焦っている。——そうだ。これは織田先生の弱みなんだ。

そしてここは学校の中。放課後とはいえ、誰もいないはずはない。

珠実は、廊下の左手、今来た教室の方へパッと顔を向けて、誰もいなかったが、

「先生！　助けて！」

と叫んだ。

織田がそちらを見る。珠実は重いビデオカメラと三脚の入った手さげ袋を持っていた。力をこめて、その袋を織田の向う脛に叩きつけた。織田が痛みに片足を抱えてよろけた。

珠実は駆け出した。

「おい、待て!」

教室に、まだ田中先生がいたら――。

走って行くと、ちょうど教室の戸が開いて、田中先生が出てきた。

「先生!」

珠実は田中礼子に飛びついた。礼子はびっくりして、

「杉原さん! 何なの?」

珠実が声を震わせて、

「織田先生が――変なことしようとした!」

と、田中礼子に抱きついた。

「何ですって!」

田中礼子は、織田が片足を引きずるように、顔を真っ赤にして追いかけて来るのを見ると、「織田先生!」

と、甲高い声を上げた。

織田はその声で初めて田中礼子に気付いた。

「何をするんですか！」

と、キッとにらみつけられて、織田は立ちすくむと、

「いや、何って――」

「杉原さんに何をしたの！」

田中礼子は凄い形相で織田をにらんで、珠実を自分の背後にかばった。

「そんな――違うんだ！　僕はただ――」

もともと気の弱い織田は、田中礼子の思いもかけない怒りの激しさに、うろたえてしまった。「何も――触ってなんかいない。そうだろ、杉原？」

「この子が怯えてるじゃありませんか！　どういうつもり？」

「ちょっとその――訊くことがあって……。いや、もういいんです。別に何も……。大したことじゃないんで。ええ、そうなんです。杉原、ごめんな」

そう言うと、織田は小走りに行ってしまった。まだ片足は痛そうだったが。

「先生、ありがとう！」

と、珠実は息をついて言った。

「大丈夫？　織田先生がそんなひどいこと――」

「怖い顔して迫って来たの。もうびっくりして……」

と、珠実が言うと、トイレに寄っていた由香が、

「どうしたの？」

と、駆けて来た。「先生の凄い声が──」

「もう大丈夫。──先生ありがとう。もう帰れます。由香と一緒だし」

「そう？　じゃ……気を付けてね」

「はい。びっくりさせてごめんなさい」

「いいのよ。何でも困ったことは言ってちょうだいね」

──珠実は由香と二人、急ぎ足で学校を出た。

「そんなことって……。やっぱり何か隠してるんだね」

珠実の話を聞いて、由香が言った。

「でも、あの穴の中には何もなかった」

「それって、織田先生も見付けられてないってことだね」

「あんなに必死になるなんて。──私もちょっと焦った」

「用心してよ！　でも、偉いね、珠実。普通だったら、そんなとき、逃げたり、大声上げたりできないよ」

そう言われて、珠実は、そうかな、と思った。──やっぱりお母さんに似たんだろうか？

「珠実……」

爽香は珠実の話を聞いて、凍りついた。

「でも、何ともなかったんだよ。織田先生だって、度胸ないもん」

「もう……。危いことはやめてよ！」

爽香はキッチンの椅子に座り込んでしまった。

「お母さん、大丈夫？」

「大丈夫なわけないでしょ！　――田中先生がいなかったらどうなってたか……」

「里谷先生は何か知ってるんだよね」

爽香は少し迷ったが、こうなったら仕方ない。

「実はね……」

と、松下から聞いた、行方の分らなくなった女の子のことを話して聞かせた。

「先生が、修学旅行で？　――ひどいなあ」

「誰にも言っちゃだめよ」

「うん、分ってる。由香ちゃんも知らないんだから、極秘なんだね」

「今年卒業したその女の子を、今松下さんが捜してくれてる。――無事だといいけど」

「だけど……里谷先生が話せないって、どうしてなんだろ？　そんな政治家なんかに脅されて口をつぐんじゃうなんて、里谷先生らしくない！」

「だけど――あの様子を見ると、本当に悩んでいるわよ。先生から聞き出すのじゃなくて、何とか解決できれば……」

と、言いながら、爽香も考えていた。

確かに、自分が職を失うというだけで、あの先生が自分に沈黙を強いるだろうか？　もし他の誰かを――。

「珠実ちゃん」

「うん？」

「里谷先生の彼氏って、吉永先生っていったっけ？」

「そう。吉永正人っていったよ、確か。――お母さん、それって……」

珠実の方も、母親と同じことを考えついた。

「そうね。――その女の子を妊娠させたのが、吉永先生だとしたら……。里谷先生は何も言えないかもしれないわ」

おそらく、その「事件」は、学内でもひた隠しにされた。里谷美穂は、そういうことがあったことは知っていたかもしれないが、まさか自分の彼氏が起したのだとは知らなかったのではないか。

その事実を、「拾った一枚の書類」で知ってしまったとしたら……。

でも、吉永と里谷美穂の間については、他人がとやかく言うことではないだろう。今はその女の子を見付けること……。

「——吉永先生に訊こう」

と、爽香は言った。「その女の子が誰だったのか」


「いいか、もう二度とあんな奴らと係るんじゃないぞ」

と、三田村朋哉は言った。

怒鳴られているわけではないが、克郎にとっては雷が落ちるような辛さである。

「——分ってるよ」

と、病室のベッドで、克郎は小さな声で言った。「もうこりごりだ」

朋哉はため息をつくと、

「全く……。危うく命を落とすところだったんだぞ」

と、念を押した。「奈美に感謝しろよ」

「いいのよ、お祖父ちゃん」

病室に、いつの間にか奈美が入って来ていた。朋哉が振り向いて、

「来てたのか」

「克郎兄さんは、少しでもお祖父ちゃんに近付きたかったのよ。それにはお金を稼ぐしかない、と思ったんじゃないかしら」

「俺はそんなことを言ったりしてないぞ」

「だから、却ってお兄さんには焦りがあったのよね。――何か、もっと自分の好きなことを、地道にやればいいんだと思うわ」

と、奈美は言って、「向うと話はついたの？」

と、朋哉に訊いた。

「ああ、何とかな」

「なら良かった。――お兄さんは、おとなしく入院してて、早く元気になること。それが今の仕事よ」

そのとき、奈美のケータイが鳴った。手に取って、意外そうに、

「あの子――仁田みすずさんだわ。もしもし？」

克郎はふしぎそうに、

「俺のケータイへかけて来ればいいのに……」

と言ったが、奈美が「エッ！」と短く声を上げて息を呑むのを見て、びっくりした。

「みすずさん、大丈夫なの？　もしもし！」

「奈美、みすずがどうした？」

「お兄さん、みすずさん、誘拐されてる」

「何だって？」

「もしもし！　——誰？」

奈美はスピーカーに切り替えて、「今、お兄さんも聞いてるわ」

「じゃ、話が早いな」

と、男の声が言った。「克郎のおかげで損をした者が何人もいるんだ。その分は返してもらうぜ」

「分った。みすずに手を出すな」

と、克郎は体を起こそうとして呻いた。

「無事に返してほしけりゃ、現金で五千万用意しろ。三日以内だ」

「分った。金は出す。みすずを返してくれ」

「金が先だ。当り前だろ」

「分ったわ」

と、奈美が言った。「いつ、どこで渡せばいいの？」

「金ができたら、このケータイへ電話しろ。一日でも早けりゃ、女は無事だが、遅れると血の気の多い若いのが我慢できなくなるぞ。分ったな」

男が嘲笑うように言って、切ろうとしたとき、

「待て！」

と、その場を圧するような声を出したのは、朋哉だった。「まだ切るな。聞いてるか」

向うが、戸惑ったように、

「何だ？　誰がしゃべってるんだ？」

「私は三田村朋哉。克郎の祖父だ。分るか？」

「ああ。——だったらどうしたっていうんだ？」

「よく聞け。克郎の不始末については、十二時間前、ニューヨークの〈ラッキー〉との間で話がついた。先方も承知で、この件は片がついたんだ」

朋哉は重々しい口調になって、「お前たちが、〈ラッキー〉の処置を不満に思って、女の子を誘拐して身代金を要求したと知れたら、〈ラッキー〉と、日本の代理人はどう思うかな？　お前たちはそれが分ってるのか」

「何だよ……。俺たちはただ……」

と、男が口ごもる。

「誘拐は重大犯罪だぞ。しかも、何の係りもない娘さんに暴行を働いたら、お前たちはただではすまない。警察に追われるだけでなく、今世話になっている組織にも見捨てられ、裏切者扱いされて、生きてはいられないぞ。私の言うことが信じられないなら、今、連絡を取ってみろ。話の分る人間にな」

「ちょっと……ちょっと待て」

そのまま、重苦しい沈黙が二、三分続いた。——奈美は今まで見たこともない祖父を見ている気がした。

「——分りました」

と、やっと向うが言った。「あの……若い連中の思いつきで……。女の子はすぐ返します。この件はどうか……」

「話が分ればいい。克郎の入院している病院の前まで、彼女を連れて来い」

「承知しました。すぐ送らせますんで……」

「いくら損をしたか知らないが、一千万、払ってやる。彼女に振込先のメモを持たせろ」

「は……。どうも、そいつは……」

「何でも力でやり通せる時代じゃないのだ。よく憶えておけ」

「分りました……。どうも……」

切れた。——克郎が、

「いいの？」

と言った。

「恨みを買うようなことは避けることだ」

「お祖父ちゃん……」

「奈美にとんでもないことを聞かせてしまったな」

と、朋哉は微笑んで、「世の中には、こういうこともあるんだ。しかし、お前はそんなことを知らなくていい。病院の玄関へ行って、女の子が戻るのを待っているといい」

「うん。行ってくるわ」

奈美は、病室を出て、エレベーターへと急いだ。

汗をかいていた。祖父の、全く違う顔を見たのだ。

ただ「孫に甘いおじいちゃん」ではなかった。――どこか恐ろしい印象さえ受けた。

「でも――お祖父ちゃんはお祖父ちゃんだ」

自分へ言い聞かせるように、奈美は呟いた。

病院の正面玄関を出る。車がみすずを送り届けて来たのは、そのわずか十五分後のことだった……。

20　極　秘

「どうして、いつもこういうことになるんですか？」

と、久保坂あやめが言った。

「だから、無理に来なくてもいいって言ったじゃないの」

と、爽香は言った。

「どう言われたって、ご一緒するんだって分ってるじゃありませんか」

二人の話を聞いていた松下が笑って、

「お前たちはいいコンビだな」

と言った。

三人は、松下の車の中で待っていた。――中学校から、国語教師の吉永が出て来るのを。

もう下校時間は過ぎているが、教師はまだ数人が出て来ただけだ。

吉永の写真は、珠実が学校のホームページに載ったスナップから見付けた。確かに、里谷美穂の恋の相手にしては少し地味だ。

「——電話だ」

松下のケータイが鳴ったのだ。すぐに出ると、

「——よし分った。ありがとう」

「問題の生徒のことですか？」

と、爽香が訊く。

「うん。名前が分った。〈河辺美樹(かわべみき)〉だそうだ」

松下が手帳に字を書いて二人に見せた。

「家の人は心配してないんでしょうか」

と、あやめが言った。

「その辺の事情は、直接会って訊くしかないな」

「ね、あの人——」

と、爽香が指さす。

マスクをした男が、鞄を手に校門から出て来る。

「マスクで顔が見えませんね」

「持ってる鞄が、写真と同じだわ。あれが吉永よ」

「じゃ、後を尾(つ)けましょう」

と、あやめが車を降りようとした。

「待て」

と、松下が止める。「他にも尾行してる奴がいる」

校門から足早に出て来た男が、吉永と同じ方向へ歩いて行く。歩く速さが同じで、吉永と距離を保っている。

「学校の上の方から言われて尾行してるんだろうな」

と、松下は言った。「よし、途中で、後から出て来た男が別の道を行くか、引き返すかしたら、一人はそっちを尾行して、身許を突き止める。他の二人は吉永について行く」

「分りました。後発の男は任せて下さい」

と、あやめが言った。

ともかく、三人は車を出て、吉永の辿る道を追って行った。

行方をくらましている少女——河辺美樹の居場所を知っているのではないか。吉永を尾行するのは、もちろんそう考えているからである。

学校側が吉永に尾行をつけているということは、まだ河辺美樹の居場所をつかんでいないということだ。

「——でも、彼女が無事だといいですね」

と、あやめが言った。

吉永は駅に着くと、ケータイを取り出した。

二言、三言話しただけで切ると、吉永は改札口を入って行った。尾行していた男もあわてて入って行く。

「あれ、例の織田先生だわ」

と、爽香が言った。「気が弱いのね、すぐ焦る」

「どこまで行くんでしょうね」

と、あやめが言った。

階段を上ってホームへ出る。吉永は上り方向の乗車口の列に並んでいた。

織田は少し離れた場所で吉永を見ていた。

「吉永は気付いてるんじゃないか」

と、松下が言った。「ああ目立っちゃ、気付かない方がふしぎだ」

気付かれないように、とも思っているのだろうが、吉永を見失うのがもっと怖いのだろう。ついつい吉永の方へ寄って行ってしまうのだ。

ホームの反対側に、下りの電車が入って来る。吉永はじっと上り電車のやって来る方へ目を向けていた。

爽香は、あやめに、

「織田を頼むね」

と、小声で言った。

「はい。チーフ、どこへ――」

爽香は、停って扉の開いた下り電車の方へと歩いて行った。松下が、

「なるほど」

と呟くと、爽香について行く。

あやめは面食らっていたが、ともかく織田から目を離さないようにした。そこへ、

「上り電車が参ります」

と、アナウンスが流れた。

そして、下りの電車に発車のベルが鳴った。少し間があって、笛が鳴る。

その瞬間、吉永が身を翻してホームを走ると、下り電車へと飛び込んだ。扉が閉る。

アッという間の出来事だった。織田は呆然（ぼうぜん）として、動くこともできない。

あやめは、吉永と同時に、爽香と松下が隣の車両にちゃんと乗り込んでいたのを見た。

「――さすが」

上りを待っているふりをしている吉永の考えを見抜いたのだ。長年の経験から来る直感というものだろう。

ケータイが鳴った。爽香からだ。

「見た？」

「ええ。おみごとです」

「織田は乗れなかったでしょ？」

「突っ立って、青くなってます」

「後をお願いね。織田が誰と会うか、できれば突き止めて」

「了解です」

上り電車がホームに入って来たが、織田は何やらブツブツ言いながら階段の方へと歩き出した。


「いい勘だ」

と、松下が言った。

「吉永がずっと上り電車の来る方へ目をやったままでいるので、ちょっとわざとらしい気がして」

と、爽香は言った。「尾行をまいたのは、やはり河辺美樹さんと会うことになっているからでしょうね」

「ちゃんと姿が見えてる。マスクも外したぞ。安心したな」

間違いなく、吉永のホッとした表情が隣の車両に見えていた……。

「どこまで行くんでしょうね」

と、爽香は言った。

吉永は途中で一度乗り換えて、今、郊外へと向っていた。

車両も半分ほどは席が空いている。——吉永は座席にかけて、何をするでもなく、扉の上の広告を眺めていた。

「もうかなり来たな」

と、松下が言った。「この先は、ハイキングコースになるぞ」

実際、外はすでに真暗で、家の明りもまばらになっていた。

あやめから電話が入った。

「——織田は、居酒屋で飲んでいます」

と、あやめが言った。「途中電話かけて、ひどく怒られたみたいで、ペコペコ頭下げてましたよ」

「ご苦労様。でも、一応自宅へ帰るまで見届けてくれる?」

「もちろんです! そちらはどうですか?」

「うーん……。これから登山でもするつもりかもしれないわ」

「え?」

松下につつかれて、爽香は電話を切った。

吉永がゆっくりと立ち上って、扉のそばに立った。

乗客が少ないので、尾行に気付かれる恐れがある。爽香たちは電車がホームに入って行っても、座っていた。

ほとんど客のいないホームへ目をやっていた爽香は、ベンチに座っている女の子を見付けた。

「あれがきっと……」

「そうだな」

電車が停り、扉が開くと、吉永はホームへ出て、ベンチの女の子へ手を振った。女の子は立って吉永へと駆け寄る。

二人がホームの出口へと向うのを待って、爽香たちは電車を降りた。

駅前も、店などはほとんどなく、夜道は寂しかった。——二人と距離を取って、爽香たちはついて行ったが……。

「おい、あの二人……」

「そうですね」

河辺美樹と思われる少女は、吉永の腕をしっかりとつかんで、すがるようにして歩いていた。それはどう見ても「恋人同士」の姿だった。

「――この先、キャンプ場ですよ」

と、爽香は言った。「思い出しました」

「キャンプ？」

「あの中学は、二年生の夏に、全員でキャンプをするんです。それがこの道の先。その話をお子さんがあそこに通ってる人から聞いたんで、珠実ちゃんが五年生のとき、家族で行ったんです。ただ、そのときは、往復バスだったので。――でも、今の橋を渡ったとき、思い出しました」

「どこか泊るような所があるのか？」

「たぶん、コテージがあったと思います。この季節にはキャンプしてないでしょうけど」

ところどころ、小さな街灯があるだけの暗い道を、吉永と少女は足早に辿って行く。一本道なので、見失う心配はなかった。

「――案内板だ」

と、松下が言った。

キャンプ場の案内図は大分色あせていた。テントを張るのは、ちゃんと整地された広場で、トイレやシャワーも用意されている。

青白い照明に、ぼんやりとキャンプ場が見えて来た。爽香は足を止めて、

「いなくなりましたよ。——どっちに行ったんだろ？」

二人の姿がフッと消えてしまったのだ。コテージははっきりと見えているが、そこへ入って行ってはいない。

「おかしいな」

と、松下も左右へ目をやる。「——そこの細い道はどこへ出るんだ？」

コテージの手前に、脇へ折れる道がある。

「そこは確か……。少し下りると河原になってて。——聞こえるでしょ、流れの音が」

「流れは深いのか」

「そのときによって——」

と言いかけて、爽香は息を呑んだ。「まさか、二人で……」

「行ってみよう」

その細い道を、爽香たちは走り出した。

「そんな……。やめてよ！」

と、口走る。

河原へ下りる石段があった。暗い中、流れの水音が聞こえている。

「おい、あれは——」

と、松下が言った。河原の砂利の上に、吉永の鞄が投げ出してあった。

「死ぬつもりだわ！　やめさせなきゃ！」

爽香は砂利を踏んで、暗い流れの方へと急いだ。――白いものが見える。流れに入って行く人影が、わずかに浮かび上って見えた。

「やめて！」

爽香が思い切り叫ぶと、二人がハッと止って振り向くのが分った。「だめよ！　死んじゃだめ！」

爽香は流れに向って飛び込んだ。腰ほどまで水があり、先へ行けばもっと深くなる。

「松下さん！」

「待て！　俺も行く！」

松下が靴を脱ぎ捨てて流れに入って来た。

「吉永さん！　河辺さん！　早まったことしないで！」

二人が、水底の石に足を滑らしたのか、頭まで水に沈んだ。爽香は懸命に水をかいて進んだ。すぐに胸まで水が来て、流れは思いの外強く、押し流されそうになる。

「だめよ！　手を――。私につかまって！」

少女がザバッと水から顔を出す。水を飲んで激しく咳込んだ。苦しそうに手を爽香の方へと伸ばした。

爽香は少女の手をつかむと、引き寄せて、

「私に抱きついて！　しっかり！　離さないで！」

爽香も小柄なので、頭まで水をかぶったが、何とか飲まずにすんだ。

「松下さん！　吉永さんを！」

と叫びながら、必死に河原へと少女の体を抱いて進んで行った。

「——もう大丈夫。水を飲んだ？　座って。今、吉永さんを助けるから」

河原に少女を下ろして、爽香は大きく息をついた。少女が苦しそうにうつ向いて、水を吐いた。

「動かないで。ここにいて。いいわね」

少女が肯いて、

「先生が……」

と、かすれた声で言った。

爽香は流れの方に向って、

「松下さん！」

と大声で叫んだ。「どこ？　——松下さん！」

もう一度流れへと入っていく。十メートルくらい先に、水から出ている頭が見えた。

近付いて行こうとしたが、深くなって、自分が流されそうになった。

「——松下さん」

爽香の方へ近付いて来たのは、松下だけだった。

「だめだ。どんどん流されちまった」

「じゃ……。ともかく、河原に上って。捜せないですよ、この暗い中じゃ」

爽香たちも、一旦水から出ると、体が重くなって、しばらく座り込んで動けなかった。

少女は砂利にペタッと座り込んで、放心したように喘いでいる。

「あなた――河辺美樹さんね?」

と、爽香は言った。

「はい……。先生は……」

「今、助けを呼ぶわ。私たちじゃ捜せない」

「俺が連絡する」

と、松下が息を切らしながら言って、内ポケットからケータイを取り出した。

爽香は、震えている少女の体を抱いて、

「二人で死のうとしたのね……。可哀そうに。辛かったのね。でも……生きてて良かった。これで良かったのよ……」

少女がワッと泣き出した。悲しみか、悔しさか、何の涙か分らなかったが、爽香は泣いている少女を、ただ力一杯抱きしめていた……。

21　嘆き

「爽香」

と呼ぶ声で、爽香は顔を上げた。

明男が病院の廊下をやって来る。

「遠くまでごめんね」

と、爽香は言った。

毛布にくるまっているものの、服は濡れたままだ。

「これ、ひと通り持って来た」

と、明男が大きな紙袋を、ちょっと持ち上げて見せた。「松下さんは？」

「消防の人と話してるよ」

そう言っているところへ、松下が戻って来た。

「まだ、あの先生は見付からないそうだ」

と、松下は言って、「やあ、いつもご苦労だな」

と、明男に言った。

「松下さん、良かったら、僕の下着とトレーナーを持って来ました。濡れたままよりいいでしょ」

「やあ、助かるよ！　凍えてるところだ」

「じゃ、これを……」

紙袋の中身を二人に分けて渡すと、爽香と松下はすぐに着替えて来た。

「風邪引くなよ」

と、明男が言った。「しかし、まさか心中とはな」

「びっくりしたよ、私も」

と、爽香は肯いて、「ともかく女の子だけでも助かって良かった」

「大丈夫なのか？」

「鎮静剤を射(う)ってもらって、眠ってる」

「それと——吉永っていったか」

「うん。夜中じゃ捜すのは……」

と、爽香は首を振った。「流れに呑まれたら、難しいかも」

「だけど——いい年齢(とし)の大人だろ？　しかも学校の教師で」

と、明男は眉をひそめて、「生徒を道連れにして心中なんて……。そんなの、教師のやることじゃないだろ」

　抑えてはいるが、怒りが声ににじんでいた。

「もし助かったら、そう言ってやるわよ」

と、爽香は明男の腕を取って、なだめるように言った。

「あの先生の恋人だったのか」

「里谷先生の？　たぶんね」

「先生も辛いな」

「話しに行かなきゃね。――でも、もう少しはっきりしてから……」

「その先生は、いくつなんだ？」

「吉永先生？　確か三十一かな。里谷先生が二十九だから」

「もし助かっても、教師には戻れないだろうしな」

そこまで話が進んでいたときだった。

時間が遅いので、病院の中は静かだったが――。

「キャッ！」

と、看護師が短い悲鳴を上げた。

話を中断して、爽香はその看護師の視線の先へ目をやったが……。

「まあ！」

エレベーターが上って来て、扉が開いた。そこには、ズブ濡れになった男——吉永が立っていたのだ。

「あれ——幽霊？」

と、明男が言った。

「いいえ。——あれが吉永先生よ」

全身から水をたらしながら、吉永はフラフラとやって来た。足下に水たまりができている。

「あの子は……」

と、かすれた声で、「あの子は？」

爽香がその正面に立って、

「吉永先生ですね」

と言った。「河辺美樹さんは助かりました。今、眠っています」

「そうか！　良かった！」

吉永はよろけて、壁に手をついた。

「そんなことを言うくらいなら、どうして心中しようなんて思ったんです？」

と、爽香は強い口調で言った。「大人で、しかも先生のあなたが、彼女を止めなくてどうするんです！」

「それは……その通りだが……。あの子は一人で死ぬと言った。止めてもむだだと……。一人で死なせるわけにはいかない。私とあの子は……本気だった。年齢が離れていても……」

「ただ離れているだけじゃありません。あの子はまだこれから生きる何十年もの時間を持ってるんです。その未来を奪うのは、もしあの子がそう望んだとしても、間違ったことです」

爽香は、少し間を置いて、「——あなたは里谷美穂先生と結婚することにしてたんじゃないんですか？　里谷先生がどんなに苦しんでるか、分ってますか？」

「私は裏切れなかった……。里谷美穂も、美樹のことも」

爽香は呆れたように、ため息をつくと、

「ともかく、あなたも水を飲んだんでしょう？　ちゃんと診てもらって下さい」

看護師がやって来ると、吉永の腕を取って、

「濡れ方がひどいですね。凍えてしまいますよ。低体温症になったら命にかかわります。ともかく奥へ」

と言った。

「ちょっと——」

と、吉永が言った。「あの子の顔をひと目だけ見たいんだ。——頼む」

爽香は松下と顔を見合せた。

「せっかく静かに寝てるんですから――」

と、爽香が言ったが、

「分ってる。起こしたりしない。顔を見て安心したい。頼む」

と、吉永はくり返した。

「俺がついて行こう」

と、松下が言った。

「お願いします」

爽香は松下に任せることにした。疲れていて、自分が引き受けるだけの元気は残っていなかったのだ……。


「今度は水泳ですか」

話を聞いた久保坂あやめは冷ややかに言った。

「でも、人命救助したのよ」

と、爽香は強調したが、

「まずご自分の命を大切にして下さい」

と、あやめは言って、「ともかく、決めていただく事項が山ほどあるんです」

「分ってるわよ」

さすがに、爽香も朝から出勤してくる元気はなく、結局夕方出てくることになった。

メールのチェックや返信で、五時は過ぎてしまった。

「後は明日にして」

と、爽香は言った。「今日は里谷先生のところに寄って行かないと」

「分ってます」

あやめは早々と帰り仕度をしている。

「じゃ、一緒に」

と、苦笑して爽香は、引出しを片付けた。

「もう一人、下でお待ちです」

「もう一人？」

エレベーターでロビーへ下りて行くと、珠実が待っていて、手を振った。

「私も里谷先生に会いたい」

「分ったわ。それじゃ、三人で行きましょ」

爽香は、珠実の肩を抱いて言った。

——昨日、爽香がどんな目にあったか、珠実も聞かされている。

「お母さん、泳げて良かったね」

というのが、珠実の評価だった……。

「吉永先生は、体力の消耗が激しいそうです」

と、タクシーの中であやめが言った。「病院から松下さんに連絡があったと」

「じゃ、入院？」

「はい。松下さんから、チーフが出社して来たら伝えてくれ、と」

「そう……。ともかく、命は助かった……」

「あの女の子のことは……」

「河辺美樹さんね。——心中の話はどこまで知れてるのかしら？」

「女の子がまだ十六ですし、報道はされていませんね。犯罪と言えるかどうか」

「責任は大人の方にあるけどね」

と、爽香が言うと、

「何だか……」

と、珠実が言いかけた。

「どうしたの？」

「別に」

と、首を振って、「あのね、昨日、私勉強してて、ちょっと居眠りしたの」

「ふうん」

「ちょっとだけだよ」

と、強調して、「目が覚めて、勉強続けようとしたんだけど、英単語のカードが、一枚見当らなかった」

珠実は、爽香などもやっていた、英語の単語を一つ一枚に書いたカードを使って、スペルを憶えていた。

「スマホとか使ってる子も多いけど、カードに書くので憶えるし」

と、珠実は言っていた。

「——そのカードがどうしたの？」

「机から落としたのかと思って、机の下も捜したけど、見付からなかった。しょうがないから、新しいカードを作ろうかと思ったけど、それから見付かったら悔しいじゃない？　それで、もう寝ようと思って。お風呂はもう入ってたから、パジャマに着替えて、ベッドに潜り込んだ。スリッパをポンと脱ぎ捨てたら、片方が引っくり返って——。そしたらね、そのスリッパの裏に、失くなったカードが貼りついてたの」

「そういうこと」

と、爽香は肯いて、「見付かって良かったね」

「うん。ああいうことってあるんだな、って思ったの。そのときに」

少し間があって、

「――珠実ちゃん、それって……」

タクシーが病院の前に着いた。

三人が病院の正面から入って行くと、人のいなくなった待合室の椅子から立ち上ったのは――織田だった。

「織田先生。ここで何を？」

「待ってたんですよ」

織田は、目の下にくまができて、疲れ切っている様子だった。爽香と一緒に珠実が来ているのを見ると、ちょっと目を伏せて、

「――悪かったな」

と言った。「ちょっと焦ってたんだ。乱暴する気はなかった。本当だ」

珠実は何も言わなかった。どう見ても、怯えているのは織田の方だ。

「私たちを待ってたんですか？」

と、爽香が訊くと、

「里谷先生が会ってくれないもんでね。誰か来ないかと思って」

「里谷先生の気持が第一ですよ」

「分ってますよ。しかし、僕も聞いてほしいんです。僕には僕の立場がある」

「でも、里谷先生を脅したんじゃありませんか。会いたがらなくて当り前ですよ」

「脅したりしてませんよ！　冷静に話をしただけで……」

するると、珠実が自分のケータイを取り出して、ボタンを押した。

マイクで録音された音声が再生された。

「——あんなことが、もう起きてほしくないだろう？　この次は、運よく助かるとは限らないんだ……」

音量は小さめだが、織田の声であることは分る。織田は呆気に取られていたが、

「あのときに……。参った！」

と、息をついた。「しかし——本気じゃなかった。ただ、里谷先生に考え直してほしいと……」

「念には念を入れて、ですか。文科省の副大臣にまで、どう頼んだんです？」

織田は力が抜けたのか、また座り込んでしまった。

「ともかく、里谷先生に訊いてみます。ここにいて下さい」

と、爽香は言って、珠実たちと共にエレベーターへと向った。

——里谷美穂の病室のドアをそっと開けると、

「ああ、杉原さん」

里谷美穂はすぐに気付いた。「二人ご一緒に。どうもすみません」

「里谷先生。まだお聞きでないと思いますが……」

爽香は穏やかに言った。「吉永先生と、河辺美樹さんが心中を図りました」

「え？」

「でも、二人とも助かりました。生きています。大丈夫です」

と、爽香は急いで言った。

「――そうですか！」

爽香から事情を聞くと、里谷美穂は、しばらく黙っていたが、

「――吉永先生がそんなことを……」

と、ため息と共に言った。

「先生に沈黙を強いたのは、ご自分の立場より、吉永先生のことじゃなかったのですか？」

と、爽香は言った。

「そうです。――私は辞めさせられても何とかなります。でも吉永先生は……。あの先生には、長年入院している妹さんがあるんです。費用もかかるし、先のことを考えたら……」

「吉永先生を守るために、黙っていたんですか？」

「それだけでは……」

と言いかけて、「でも――吉永先生が心中？　そんなこと……。妹さんはどうなるん

でしょう。この件で、教職を去ることになると……」

爽香は、少し離れて立っていたあやめの方を向いた。あやめが何も言わずに出て行く。

爽香の言うことが分っていたのだ。

吉永の妹の身に何かあったのではないか。あやめは、入院している吉永に確かめてみようとしているのだ。

「——それから、先生」

と、爽香は言った。「この下で、織田先生が……」

「いるんですか、まだ」

と、美穂は言った。「会いたくないと言ってもらえますか」

「分りました」

美穂は疲れたように目を閉じた。

「お母さん……」

珠実が爽香を見る。しかし、爽香は、

「また伺います」

と言って、珠実と病室を出た。

「——どうして先生に訊かないの？　あの一枚の原稿のこと」

「先生も分ってる。でも、話したくないのよ」

と、爽香は言った。「心の準備ができたら、きっと話してくれるわ」

あやめが戻って来るのが見えた。

「何か分った？」

「訊いてもらいました、吉永さんに」

「それで……」

「妹さんはひと月前に亡くなったそうです」

爽香はゆっくり肯いて、

「そういうことだったのね」

と、呟くように言った。「辛いわね、みんな……」

22　隠されたもの

「それで思い付いたの」

　と、珠実が言った。

「スリッパの裏に貼りついたカードね」

　と、爽香が肯いて、「調べてみましょ」

　放課後の校庭は静かで、人の姿もなかった。

　校庭の一隅、あの「柱」は校舎の外壁に立てかけられたままになっていた。

「早いとこ、済ませよう」

　と言ったのは、一緒にやって来た松下である。

「すみませんね、松下さん。こんな所にまで付合わせちゃって」

「心中を止めるのに、夜の川へ飛び込んだくらいだ。こんなこと、どうってことはない」

　と、松下は言った。「ただ、今日は朝昼抜きなんだ。腹がへって目が回りそうだ」

「じゃあ、この調査が終ったら、ごちそうしますよ。何でもお好きなもの」

と、爽香は言って、「珠実ちゃん、下を覗ける？　膝の下にハンカチでも当てて」

「大丈夫だよ」

珠実は、立てかけられた柱のそばに膝をついた。——里谷美穂は、おそらくこの「柱の下」に、あのコピー機に残っていた一枚の原稿を隠した。

しかし、柱を抜いた穴を覗いても、何もなかった。誰かが持って行ったのか？

そこへ、スリッパの裏に貼りついたカードである。珠実は思った。柱に、原稿が貼りついていたのじゃないだろうか？

柱の底に当る部分は、泥に覆われて、今は乾いてしまっていた。珠実はその乾いた泥を手でこすり落とした。

すると——ビニールに包まれた白いものが見えて来たのだ。

「お母さん！　あった！」

珠実の声は弾んでいた。——それは、泥で貼りついていただけなので、簡単にはがれて来た。

「やったね」

と、珠実がニッコリ笑った。

「よく気が付いた」

と、松下が首を振って、「母親に似たんだな」

「それは言わないで下さい」

爽香は、そのビニール袋の汚れをハンカチで拭くと、「早々に失礼しましょう。中を見るのは後」

と言った。

「そうだな。学校の人間の目につかない内に出よう」

三人は校庭から外へ出ると、近くに停めてあった松下の車に乗り込んだ。

「一旦、お前の家に戻るか」

と、運転席から松下は後部席の爽香へ声をかけた。

「そうですね、でも――」

「早く中を見ようよ」

と、珠実が隣の爽香の腕をつつく。

「分ったわよ。――松下さん、この先の住宅地のどこかで停めて下さい」

「そうするか。俺も知りたい」

車を出すと、少し高い丘になった住宅地へ入って行き、小さな公園の前に停めた。

爽香は、手にしたビニールの袋を開けると、中から一枚の原稿を取り出した。あの織田がドジなことに、コピー機に置き忘れた一ページである。

「パソコンで打ったものね」

と、折りたたまれた紙を開いた。

その瞬間、車に激しい衝撃が来て、三人は座席から投げ出されそうになった。

「何だ！」

松下がフロントガラスに額を打ちつけて、頭を強く振りながら怒鳴った。

「車が——追突して来た！」

爽香は後ろを振り返った。大型のワゴン車が、爽香たちの車を押して前進して来る。

「織田先生だ！」

と、珠実が叫んだ。

「松下さん！　車が——」

ぶつけられた衝撃で、サイドブレーキが外れたらしい。車はゆるい坂道を下り始めた。

松下の車は小型だ。ワゴン車のパワーでぐんぐん押されていた。

里谷先生の車を落としたのと同じだ。

「何て奴だ！」

エンジンをかけている余裕がなかった。車は坂をどんどん下って行く。

ブレーキを踏んだが、後ろから押して来るパワーに負けて停らない。

ワゴン車のハンドルを握っている織田の顔が、すぐそこに見えた。目を大きく見開いて、歯を食いしばっている。

道は下りのまま、右へカーブしている。

真直ぐ行けば、道を外れて、住宅の塀にぶつかる。下りの勢いがついて、車は停まらなかった。

「危い！　カーブが――」

と、爽香はとっさに珠実を抱き寄せた。

ワゴン車がさらに勢いをつけてぶつかって来た。松下が、

「伏せてろ！」

と、怒鳴った。

爽香は珠実を座席に突っ伏す格好にして、その上に覆いかぶさった。

松下は道が右へカーブする直前で、ハンドルを思い切り反対の左へと切った。

左手の住宅の鉄柵へ突っ込む。

窓ガラスが砕けた。そして――。

爽香たちの車を押してきたワゴン車は、まさか目の前の車が左へ曲るとは思っていなかったのだろう。一瞬、面食らったのか、そのまま直進した。

あわててハンドルを右へ切ったが、スピードが出ていて、曲り切れなかった。正面のブロック塀に斜めにぶつかり、ガラスが飛び散った。

爽香たちの車は、住宅の前庭を囲む鉄柵を半ば押し倒して停った。

「——やったな」

松下が額から血を流しながら振り返った。

「おい、大丈夫か?」

「ガラスが……」

爽香は体を起すと、髪や服に散らばったガラスの破片を払い落とした。

「珠実ちゃん! 大丈夫?」

「うん……」

珠実は起き上ると、「スリルあったね!」

と、息をついて言った。

「何を言ってるの! けがしてない?」

「うん。松下さん、おでこが……」

「ぶつけただけだ。大したことない」

と、松下はハンカチで額の傷の血を拭き取った。

「あっちは?」

爽香はワゴン車の方へ目をやった。

「向うはかなりやられてるな。織田はどうしてる?」

「車から降りるところは見てないけど……」

「ともかく車を降りましょう」

と、爽香は言った。「ガラスに気を付けて」

「うん。お母さん、あの原稿、忘れないでね」

「はいはい」

爽香は床に落ちているその一枚の紙を拾い上げると、珠実を押し出すようにして、車から降りる。

柵を押し倒されそうになった家の中から、

「まあ！　大丈夫ですか？」

と、びっくりした様子の奥さんが出て来た。

「申し訳ありません」

と、松下が言った。「たぶん、向うのワゴン車の人間に救急車が必要でしょう。呼んでいただけますか」

「あの車で、きっと同じように、里谷先生の車を川へ落としたんだね」

と、珠実が言った。

「怖いわね」

爽香も、さすがに今になって青ざめていた。「どうしてこんなことまで……」

松下が、ワゴン車から、ぐったりしている織田を引きずり出して来た。

「どうですか？」

「大丈夫だ。派手に血が出てるが、ガラスで切った傷だから、深くないだろう。今は気を失ってるだけだ」

松下は織田の体を道の傍へと引張って行って、

「あの家の塀も壊しちまったな」

「いつもごめんなさい。松下さん、ひどい目にあわせて」

爽香としても気がひけているのである。

「そうだな」

松下は額の傷にハンカチを当てて、「〈杉原爽香保険〉でも作った方がいいかもしれないな。特に――車はもう使えない」

「分ってます！　それは何とかしますので」

と、爽香はあくまで低姿勢だった……。


ウトウトしていた三田村克郎は、人の気配で目を開けると、

「あれ？　――叔父さん？」

三田村信行がベッドのそばに立って、克郎を見下ろしていた。

「叔父さんがご用ですって」

と、病室に来ていた奈美が言った。

「病人の慰問にピアノ弾いてくれるのかな?」

と、克郎が言うと、

「呑気な奴だ」

と、声がした。

「お祖父さん……。また来てくれたの?」

「話しておかんとな」

と、三田村朋哉は信行の肩に手をかけて言った。「克郎、お前が取引していた貿易会社が、今日摘発された。麻薬の密輸に絡んでな」

「え? でも俺は――」

「そこまで手を出していなかったのは幸運だったな。まあ、事情ぐらいは訊かれるかもしれんが、そう手厳しい扱いはされないだろう。信行のおかげだ」

「叔父さんの? どういうこと?」

「インターポールって聞いたことあるか」

と、信行が言った。

「どこかで……」

「正式には〈国際刑事警察機構〉、〈ＩＣＰＯ〉ともいう」

「それが……」

「信行はインターポールの捜査官だ」

と、朋哉が言った。「パリでピアニストをやりながら、麻薬組織の情報を集めていた」

聞いていた奈美が、目を丸くしている。

「それでお祖父ちゃんと二人で話してたのね！」

「調べていて、克郎の名前が出て来たときはびっくりしたぞ」

と、信行が言った。「父さんと話して、お前が深入りしていなかったと知ってホッとしたよ」

「こっちだってびっくりだ」

と、克郎は息をついた。「目が覚めちまったよ」

「痛い目にあったが、もうこりただろ？　これからどうするか、しばらく入院して、よく考えろよ」

信行は奈美の方へ向くと、

「パーティは情報収集の場なんだ。また機会があったら付合ってくれ」

「ええ……。叔父さん、『捜査官もやってるピアニスト』なの？　『ピアノも弾ける捜査官』なの？」

と、奈美は訊いた。

信行が笑って、

「ただの売れないピアニストだってことにしといてくれ」

と言った。

——朋哉と信行が病室から出て行くと、

「驚いた！」

と、奈美が首を振って言った。「うちの一族で、ま、ま、まともなのは私だけかもしれないわ」

23　雲の切れ目

「杉原さん」

病室へ入ってくる爽香を見て、里谷美穂はベッドから、「ご無事だったんですね！」と言った。

「ご心配かけて」

と、爽香は肯いて、美穂のベッドのそばの椅子に腰をおろした。「すみません。お見舞の品も持たずに伺って」

「そんなこと……。珠実さんも一緒だったんですか？」

「ええ。でも、けが一つしていません」

「それなら良かった……」

美穂は息をついて、「私の車もやられましたけど……。やっぱり織田先生が……」

「発想が貧困です」

と、爽香は手厳しい。「あんなことしても、何の解決にもならないのに」

織田がワゴン車で爽香や松下たちの車を攻撃したことを知って、美穂が爽香に連絡して来たのである。

「で、織田先生は……」

「ガラスの破片で、顔を少し切っています。でも、脳震盪を起したくらいで、大したことは。足の骨にひびが入ったようですが」

「そうですか。――ちゃんと話してもらわなくては」

「そうですね」

と言って、爽香は待った。

美穂も、その空気に気付いて、

「――読んだんですね、あの書類を」

「読みました。でも、里谷先生には何の落ち度も……」

「そうじゃないのです」

美穂は目を閉じて言った。

「あれは、修学旅行先で、河辺美樹さんが妊娠した件についての報告書ですね」

と、爽香は言った。「最後の署名は校長名になっています。あれは教育委員会に提出した文書ですか」

「そうです」

「でも、あそこを読んだ限りでは、河辺美樹さんを妊娠させたのは男子生徒だとなっていますね」

「生徒の将来を考え、名前は明らかにしないと……。あれですべては丸くおさまるはずでした」

「でも、本当の相手は教師だった……」

「けれども、私も、生徒同士の遊び半分の行為だったと聞かされていました。——何といっても、河辺さんのために、何もなかったことにしてしまおうと……。本人も、中絶のショックで、『忘れたい』と言っていたのです」

と、美穂は言った。「でも、卒業してから、河辺さんは……。忘れられずにいたんです。本当の相手のことを」

「吉永先生と、卒業してからも会っていたんですね」

「もちろん、許されることではありません。たとえ本気で好きだったとしても、先生と生徒が。——彼女が成人して、なお好き合っているのならともかく……」

「そのことをいつ知ったんですか?」

少し間があって、

「——吉永さんとのお付合が微妙にうまくいかなくなり、私もおかしいと思い始めていました。彼女が卒業する前の暮れ、先生たちの忘年会で、話が出たんです。私以外の人はほとんどが、あれは教師が相手だったんだと知っていました。それもショックでしたが……」

「吉永さんだということを……」

「その忘年会の帰り道です」

と、美穂は言った。「その日、私は帰りに吉永さんと結婚の時期について相談することにしていたんです。ところが、二人で歩き出すと、吉永さんは突然逃げて行ってしまいました。『ごめん』とだけ言って。——私が呆然としていると……。声をかけて来たのは織田先生でした」

「見ていたんですね、お二人のことを」

「ええ。そして言ったんです。『河辺美樹を妊娠させたのは吉永さんだよ』と……。それが事実だろうと私にも分りました。でも、あえて目をそむけていたことを突きつけられたようで……。酔っていたせいもあって、私、倒れそうになったんです。織田先生が私を支えてくれて、『少しどこかで横になった方がいいよ』と言われ、それがどういうことか、分っていました。でも、それでもいいか、と投げやりに考えてしまっていたんです」

「じゃ、織田先生と？」

「そうです。——一度きりでしたけど」

と、小さく肯いて、「あんな人、ちっとも好きじゃなかったのに。――誰でも良かったんです、そのときは」

「分ります」

「ところが……」

と、美穂は口ごもりながら、「年が明けて、その内分ったんです。自分が妊娠していることが」

「織田先生の子を……」

「吉永さんを責める資格なんか私にはなかったんです。もちろん、織田先生にも言わず、何とか時間を作って、重いインフルエンザにかかった、ということにして、中絶しました」

美穂は嘆息して、「でも、こういうことは何となく知れるものですね。特に同僚の女の先生や事務の人、保健室の先生……。私が妊娠して中絶したということは、いつしか知られていました……」

女性同士は互いの体調に敏感だ。

「ところが――」

と、美穂は続けた。「河辺さんが卒業して、もうすべて終ったと思っていたとき、生徒たちのSNSで、あの出来事が知れ渡ったんです。そして、父母会の役員の1人が教育委員会に……。それで改めて調査報告書を出さなくてはならなくなったんです」

「それがあの報告書で……」

「でも相手が吉永さんだとは、まだ外部には知られていませんでした。学校としては、あくまで生徒同士の出来事だったということにしようとしていました。でも、吉永さんはずっと悩んで、苦しんでいたんです。私はそれを知っていましたが、どうしてあげることもできず。ところが、河辺さんが行方をくらましてしまったことで、校長たちがあわてました。そして吉永さんは教育委員会に、自分が妊娠させたと告白しようとしたんです。でも校長はそれを止めて、報告書にはちゃんと事実を書く、と約束しました」

「でも、そうはならなかったんですね」

「報告書を作るとき、吉永さんには、告白を取り上げると言っておいて、実際には教育委員会に生徒同士のやったことだということで提出されたんです」

「そのコピーを取ろうとして、織田先生が原稿を忘れたわけですね」

「それを読んで、私は吉永さんの思いを裏切るものだと思いました。でも、妹さんのことを考えると、吉永さんが教職にいられなくなっても、と思い……。迷った末に、あのページを隠すことにしたんです」

「それでも結局、吉永さんは妹さんが亡くなったこともあって、河辺美樹さんと心中しようとした。二人とも助かって良かったです。いずれ立ち直りますよ、どちらも」

「そう願ってますわ」

と、美穂はかすかに笑みを浮かべた。

「でも、先生。織田先生はどうしてあんなことまでしたんですか？　先生を殺しかけたんですものね」

「吉永さんには、ちゃんと事実を報告したと言っていたのですが、いずれそうでなかったことが分ります。織田先生は上から言われて、吉永さんを説得する役を任されてたんです。でも吉永さんを納得させる自信がなくて、私から話してほしいと言ってきたんです。私はいやだと言いました。そのとき、私があのページを持っていると察したんでしょう。脅すつもりで私の車を追いかけて、追突してしまったんです。あんなことになるとは思っていなかったでしょう」

「そして、あなたの口から吉永さんに報告書の本当の内容が伝わらないようにと……」

「黙っていれば、教育委員会の方は何とでもなる、と校長と、あの平野という人がやって来て。——私も吉永さんと二人で話す機会がなくて、どうしていいか悩んでいました」

「でも、すべてが明らかになって、良かったですね」

高校生と教師の心中未遂。——それはもう隠しておけないニュースになっていた。ワイドショーや週刊誌の格好のネタだ。

河辺美樹の名前は、公式には伏せられたが、ネットで実名が明かされるのを止めることはできなかった。吉永は教職を辞した。

「——先生」

と、小さな声がした。

「珠実！　聞いてたの？」

いつの間にか、珠実が病室へ入って来ていた。

「だって、気になったんだもの」

「そうよね。あなたは私の命を救ってくれたんだし、本当のことを知る権利があるわ」

と、美穂が言った。

「先生にも悩みがあるんだって分った」

「それはそうよ。——それって、私がちっとも悩んでたように見えなかった、ってこと？」

「うーん……。言い方によってはそうかな」

「まあ失礼な」

と言って美穂は笑った。

「一つ訊いていい、先生？」

「何かしら？」

「あの柱の下に隠したアイデアは面白いけど、でもどうやって柱の下に入れたの？　先生一人じゃ、あの柱、抜けないでしょ」

と、珠実が訊いた。

「そこはね……。あなたが言ってくれたでしょ。私、男子生徒に人気があるって」

「え？　それじゃ――」

「男の子たちに、『絶対内緒で、やってくれない？』って頼んだの。アッという間に十人以上申し出てくれて、柱を抜いてくれたのよ」

「参った！　先生、しっかり自分の魅力を利用してるじゃないの。ずるい！」

「こら、珠実」

和やかな笑いが起った。

「何だか、おかしいね」

と、三田村健児は言った。「どうしたの？」

愛美は首を振って、

「何でもない」

と言うと、「ごちそうさま」

と、席を立って行ってしまった。

「やっぱり、いつものようじゃないね」

と、健児は言った。「何かあったのかい？」

——母と子の住む、折田咲代の部屋〈302〉である。健児はこのところ、毎晩のようにこの家で夕食を二人と一緒に取るようになっていた。

愛美もすっかり健児に慣れて、食卓はにぎやかな笑いが絶えなかった。それは三田村健児にとって、初めて経験する楽しさだった。確かに、健児がひかれているのは愛美の方だったが、咲代も娘の話をするのは楽しそうで、健児のことを歓迎してくれていた。

「あの子、あなたのことが好きだから」

と、咲代が微笑んで言った。「寂しい顔を見せたくないんだと思うわ」

「どういう意味だい？」

咲代は少し目を伏せて、

「いつかはこうなるって……。こういう日が来るって分ってた」

と言った。「あなたも承知してたでしょう」

「それは……」

「終ったの。——あの人と私との間が」

「そうか……」

「あの人には今、もっと若い彼女ができて、私は——だからここを出て行かなきゃならない。元から、それを分っての暮しだったけどね」

「出て行けって？　それはひどいね」

「でも仕方ないわ。私に、ここの高い家賃を払うお金はないし」

「で、ここを出て、どうするんだ？」

「分らないけど……。ともかく、少しまとまったお金をもらって、ここを出てから、自分で働き口を見付けるわ。ただ——愛美に今の学校をやめさせるのが可哀そうで」

健児は、この母娘を失うと思うと、突然たまらなく苦しくなった。——そんなことには耐えられない！

「結婚しよう」

と、健児は言った。「そして、このままここに住めばいい」

咲代が啞然として、

「あなた……何を言ってるか分ってるの？」

「もちろんだ」

「人の愛人だった女と結婚する？　お宅で許して下さるはずがないわ」

「そんなことはないよ。僕はもう三十一だ。自分のことは自分で決める。ただ——君や愛美ちゃんがいやだと言うなら別だけど……」

「いやだなんて、そんな……。でも、私、年上だし……」

いつの間にか、愛美がダイニングの入口に立って、二人を見ていた。

「愛美ちゃん、僕がパパになるのはいやかい？」

「ううん、全然！」

愛美が何度も首を振った。

「良かった。じゃ、早速上に行って、母に話してくるよ」

と、健児は立ち上った。「もっとも、母が家にいるかどうか分らないがね」

「健児さん――」

「ともかく、行ってくる！」

健児は〈302〉を急いで出ると、一旦一階へ下りてから、直行エレベーターで八階へと向った。

こんなに本気な顔で、家へ入って行くのは初めてのような気がした。

珍しく、母、麻子が居間のソファで居眠りしていた。

「母さん！」

「え？　――何よ、びっくりするじゃないの、大きな声出して」

と、麻子は欠伸をして、「もう色々びっくりしてるんだから。――どうしたの？」

「話があるんだ」

麻子は不安そうな表情になって、

「何なの？　そんな真面目な顔をして。まさか人でも殺したなんて言わないでしょうね」

「結婚したいんだ」

それを聞いて、麻子はちょっと目を見開いたが、やがてホッと息をついて、

「何かと思えば、そんなことなの」

と言った。「で、なに？　決闘でもするの？」

「結婚するだけだよ。決闘なんかしない」

「そう。じゃ好きにすれば？」

麻子は立ち上って伸びをすると、「私は寝るわ」

と、大欠伸しながら居間から出て行った……。

24　マイナス、プラス

「そういうわけで」

と、パーティ会場によく通る声で、栗崎英子が言った。「今日は杉原爽香さんの五十歳マイナス一歳のお祝いの会を開くことになりました」

珠実が、そっと爽香の脇腹をつついて、

「お母さん、もう汗かいてるよ」

と囁いた。

「放っといて」

と、爽香はわざと他を向いて、「冷房が故障してるんじゃない？」

——〈G興産〉社員としては、この手のパーティに慣れている爽香だが、こと自分が主役となると、勝手が違った。

——栗崎英子の〈開会の挨拶〉は短く終り、

「ここで、杉原爽香さんとのすてきなエピソードを、どうしても語りたいとおっしゃる

と、次につないだ。

「三田村朋哉さんと交替したいと思います」

ピアノがサラリとショパンのメロディを弾いた。

三田村信行。あのピアニストがインターポールの捜査官だったとは。――爽香もそれを聞いたときはびっくりした。

このパーティにも、三田村家の人々がやって来ている。特に奈美は爽香のそばに立って話を聞いていた。

――奈美の祖父、三田村朋哉がマイクの前に立つと、ざわついていたパーティ会場が、何となく静かになった。

「今から十三年前のことです」

と、朋哉は自己紹介もなく切り出した。「私はある若い女性と温泉旅館に泊っておりました。要は――ご想像のような旅でした」

軽く笑いが起った。

嵐の中を避難したあのとき。爽香は、「あのとき死ななくて良かった！」と改めて思った……。

里谷美穂の病室に吉永がやって来たのは、ちょうど爽香と珠実が見舞に来ているときだった。

「――お邪魔しても?」

と、吉永は少し大げさな言い方をして、自分の訪問が、あまり重苦しいものにならないように気をつかっているようだった。

「ええ、どうぞ」

と、ずいぶん元気を感じさせる声で、美穂が言った。「もう大丈夫なんですか」

「まあ、何とか」

吉永は、少し細いタイプのステッキを突いて、ゆっくりと歩いて来た。

「私たちは少し外に……」

と、爽香は珠実を促して行きかけたが、

「いえ、いて下さいな」

と、美穂が止めた。「構わないでしょう、吉永先生」

「ええ、もちろん」

と、吉永は爽香の方へ会釈して、「何といっても、僕とあの子の命の恩人なんですから」

「たまたまのことです」

と、爽香は言った。「水は冷たかったけど」

「全くです」

と、吉永は肯いてから、美穂の方へ、「実は、今日の午後の列車で発つもので、その挨拶に来ました」

「じゃあ……」

「母方の実家に、しばらく置いてもらいます。その後のことは、そこでゆっくり考えようと思います」

吉永は当然、すでに教職にはいなかった。

「そうですか。お元気で」

「ありがとう。あなたも」

二人は軽く手を取り合った。そして美穂が、

「河辺美樹さんとは――」

「昨日、病院に見舞いました」

「そうですか。――どんな具合でした？」

「僕も心配だったんですが、とても元気にしていました。僕のことも、当り前のように『先生』と呼んでくれて」

吉永は笑みを浮かべて、「ふしぎなものですね。あんなに思い詰めて、他の道なんか考えられなかったのに。生きるか死ぬかの思いをして、あの子は何だか、つ、き、ものが落ち

たように、明るい十六歳になっていました。そんなものなのかもしれませんね」

「傷は見えないところに隠れてるのかもしれませんけど、でもそう振る舞えるのは、生きていたからですものね」

「その通りです。杉原さんには——」

「もう忘れて下さい」

と、爽香は首を振って言った。

「ではこれで……」

吉永は、ちょっと改まって一礼すると、病室を出て行こうとした。美穂が少し体を起こして、吉永の背中へ、

「吉永先生」

と呼びかけた。「いい思い出でした。ありがとう」

吉永は一瞬足を止めたが、振り返らずに、そのまま出て行った……。

「ですから、今日私がここにいるのは、杉原爽香さんのおかげなのです」

と、三田村朋哉は言った。「ここには私と同様、彼女に救われた人が、少なからずいらっしゃるのではないかと思います。しかし、彼女はそれを決して誇ることのない人なのです」

ごく自然に、会場に拍手が湧き上ってくる。

「――では、乾杯を」

と、栗崎英子が司会役で、「今年、白寿を迎えられる、堀口豊さんにお願いします」

画壇の巨匠がマイクの前にグラスを手に立つと、受付に立っていた久保坂あやめが会場に滑り込むように入って来た。

「爽香さんは、おそらく『もう若くない』と思っているだろうが」

と、堀口は言った。「私の年齢になるまであと半世紀ある」

笑いと拍手が起った。堀口が続けて、

「この年齢になると、未来を見通せる能力が身につくものです。保証しますよ。爽香さんはいつまでも若い」

乾杯！　――その声が会場を満たした。

そして、しばし立食パーティの会場は食事時間となって、珠実が招んだ友だちが一斉に料理へと飛びついた。

もちろん、爽香当人は食べている暇などない。二皿目を食べていた珠実が、

「お母さん」

と、やって来ると、「先生だよ」

「まあ」

里谷美穂が、車椅子で会場へ入って来たところだった。あやめが車椅子を押している。

「先生、大丈夫？」

と、珠実がそばへ行って、「食べるもの、取って来てあげようか？」

「まるで食事めあてに来たみたいね」

と、美穂は言った。「でもお願い」

爽香がやって来ると、

「すっかり血色も良くなりましたね」

と言った。

「早く教室に戻りたいんですけどね」

と、美穂が微笑んで、「学校の上の方が色々……」

教育委員会に虚偽の報告書を提出したというので、校長の立場が微妙なことになっているらしい。

「でも、校長さんには、あの平野とかって副大臣がついてるんじゃないんですか？」

「それが、あの副大臣、校長先生とは全く面識がない、って取材に答えたそうです。次の大臣のポストがかかっているので、厄介ごとには係りたくないようで」

「そんなものですね」

と、爽香は言ってから、会場へ入って来た人の方を見て、「あら、びっくり！」

リン・山崎だったのだ。爽香は、

「驚いた！　日本にいたの？」

と言った。

「この会に合せて帰国したんだ」

と、今や「世界のリン・山崎」は言った。「というか、君に話があってね」

「待って。まさか、また私のヌードの話じゃないわよね」

「新しく描かせてくれってわけじゃない。あの絵を舞台の背景にしてオペラを上演したいってプランがあってね。一応君の了解を……」

「勘弁してよ……」

諦めつつも、ついため息が出る。そこへ、

「やあ。こちらは若き巨匠か」

と、松下がやって来て、山崎の肩を叩いた。

松下の額にはまだ傷の手当のあとが目立つ。山崎はそれを見て、爽香へ、

「相変らず、君の周りは負傷する人が多いな。聞いてるよ、舞から」

「そういう情報はすぐ広まるの」

あやめが美穂の車椅子を押してきた。

「娘の担任の里谷先生。リン・山崎さんです」

と、爽香は紹介した。

「光栄です！　久保坂さん、一緒に写真撮ってくれる？」

美穂がゆっくり立って、山崎、爽香と並んでスマホのカメラに納まる。

「――じゃ、やはり事件で？」

と、事情を聞いて山崎が美穂に言った。「気を付けて下さいよ、彼女のそばにいるときは」

「私を疫病神扱いしないでよ」

と、爽香がにらんだ。

「いや、別に……。そういえば、ロビーに松葉杖の男性がいたけど、あの人も？」

爽香はそれを聞くと、松下と顔を見合せた。そして、二人は一緒に会場を出ると、ロビーを見渡した。

料理を運び込む入口を隠したパネルのそばに壁にもたれて立っている松葉杖の男を見て、爽香は歩み寄ると、

「織田先生。何してらっしゃるんですか？」

織田は目をそらして、

「立ってちゃいけないのか」

「私にご用でしたら……」

「中の話が聞こえてたよ。偉い味方が大勢いて結構だね。僕は孤立無縁だ」

「待って下さい。私は肩書だけ『偉い人』になんか知り合いはいません。会場にいるのは、誰にも頼らず自分の力で何かをなしとげた人だけです」

「どうせ僕は、コピーもまともに取れない役立たずだ」

「何をすねてるんですか？」

と言ったのは、車椅子でやって来た里谷美穂だった。「あなたには教師っていう仕事があるじゃありませんか」

「教室に戻れりゃね。校長もどうなるか分らないのに……」

「校長先生がどうでも、私たちは教壇に立つのが役目ですよ。早く戻らないと、ただでさえ、先生たちが困ってるはずです」

「君は待たれてるだろうがね」

それを聞くと、美穂は車椅子から立ち上って、織田へ二、三歩歩み寄ると、

「甘えるのもいい加減にして！　私だって、辛い思いをして傷ついたんです。それでも、頑張って生きてるってことを、生徒たちに見せていくしかないじゃありませんか」

「君に何が分る！」

織田が美穂を右手で突き倒した。爽香がすかさず飛び出して、拳で織田の顎を一撃し

た。

織田がカーペットに尻もちをついた。

「おみごと」

いつの間にか、栗崎英子がその様子を見ていて、拍手すると、「見ました？」

と、後ろに立った三田村朋哉の方を振り向いた。

「しっかり拝見しましたとも」

と、朋哉が肯いて、「私の〈回想録〉に、いい場面が加わった」

爽香は、あやめと二人で美穂を車椅子に座らせると、

「私をアクション映画の主人公みたいに書かないで下さい」

と、渋い顔で言った。

「いつ仕上るんですの、その〈回想録〉は」

と、英子が訊くと、

「私がせっついてますから！」

と、顔を出した奈美が言った。

「いや、色々思い出すと、よく恥をかいて来たものだ」・

と、朋哉が言った。「〈回想録〉を出すのは、恥をかくことですな」

「恥をかくから、人は少しずつでも良くなるんですよ」

と、英子は言った。「この年齢になっても、後悔する仕事ばかり。でも、だから『この次はもっといい演技をしよう』と思うんです」

「栗崎様がそうおっしゃると、私たちも安堵します」

と、爽香が言った。

すると、珠実がロビーへ駆け出して来て、

「お母さん！　爽子さんのヴァイオリンが始まるよ！」

と呼んだ。

「いけない！　すぐ行くからって、待ってもらって」

と、爽香は言った。

珠実はちょっと顔をしかめて、

「あんまり子供をこき使わないでよね」

と言うと、パーティ会場へと走って行った……。

解説

山前（やままえ）譲（ゆずる）
（推理小説研究家）

なんだかこのところ、「記念日」がずいぶん増えているような気がしませんか？　とにかく毎日がなにかしらの記念日で、しかもその日に記念される出来事がひとつやふたつではないのですから、とても覚えられるものではありません。

いったいどれくらいの人がその記念日を意識しているのかと、勝手に心配してしまいます。かつては、結婚記念日のようなプライベートなものを別にすると、誰でも知っているのは六月十日の「時の記念日」くらいだった！

これは暴言だと非難されるかもしれません。もちろん個人的な意見ですが、それが最初に祝われたのは百年以上前の一九二〇年ですし、国民の祝日にしてはどうかという意見もあるようですから、「時の記念日」が数ある記念日のなかで特筆されるものとしても、あまり反対意見は出ないのではないでしょうか。

ちなみにその由来は、今から遡ること千三百年以上も前です。『日本書紀』によると天智天皇の時代、西暦でいえば六七一年の六月十日に、日本初の時計が鐘を打ったからだとか……。こんな由緒正しい記念日はなかなかないと思います。

では逆に、たとえば五月九日はなんの記念日でしょうか。一九六四年、当時の東京アイスクリーム協会がこの日を「アイスクリームデー」と決めて、以後、いろいろなイベントを企画してきたようです。一九八一年から一九九〇年まで「ミス・アイスクリームコンテスト」が開催され、副賞はアイスクリーム一年分だったとか。いくらなんでもそれはひとりでは食べきれないでしょう。

ほかにも五月九日にまつわる記念日はたくさんあるようです。なかでも「五」と「九」の語呂合わせには、口腔ケアの日、工具の日、悟空の日（漫画『ドラゴンボール』から）、メイクの日、黒板の日、ゴクゴクの日……。記念日はめでたいことなので、なんでも受け入れることにしましょう。

しかし、この『セピア色の回想録』を手にした人ならば、五月九日は忘れることのできない特別な記念日に違いありません。なぜなら杉原爽香の誕生日だからです。杉原成也・真江の長女として生まれ、十五歳、中学三年生の時の事件である『若草色のポシェット』から、まさに波瀾万丈の人生をおくってきたことは、今さら多くを語る必要はありません。もっとも、その誕生日をゆっくり祝う場面はあまりありませんでしたが。

そして、爽香の誕生日が特定されているというのは、シリーズ全体としてはじつに悩ましいことなのです。というのも、彼女にしてみればいろいろ思うところがあるでしょうが、たとえば『セピア色の回想録』の前作である『狐色のマフラー』が〈杉原爽香48歳の秋〉と謳われていたように、暦通りに一年に一歳、必ず彼女が年を重ねるという設定になっているからなのです。

したがって、爽香は中学生から高校生となり、大学に進学して就職、そして結婚に出産と、ひとりの人間として人生を積み重ねてきました。爽香にしてみれば、否応なしに自身の年齢を意識することになるのですから、ちょっと同情してしまいます。だって誰でも、だんだん年を取っていくというのは……。

それはさておき、こうした設定では爽香の誕生日をまたいでの事件は混乱してしまいます。事件が五月一日に起こって、それを解決したのが五月三十一日なら、さて、爽香にとってそれはいったい何歳の事件になるのでしょうか。

なぜこんなことをあらためて書き連ねたかといえば、四十九歳の春の事件となっているこの『セピア色の回想録』の物語の背景に、爽香の誕生日のパーティーがあるからなのです。

物語は四月末、杉原家の日常から幕を開けるのでした。ひとり娘の珠実が書いたとんでもない内容の作文に爽香が憤慨し、それを夫の明男がなだめ、昼食は簡単に冷凍食品のピザと紅茶……。なんとも微笑ましい杉原家の穏やかな日曜日です。そこで明男が爽香の四十九歳の誕生日をどう祝おうかと言い出します。そう、『セピア色の回想録』は爽香がまだ四十八歳の時から事件は迫っているのでした。

もちろん穏やかなのは冒頭だけです。いつものように事件が連続します。そして爽香がこれまでの人脈をフルに活用してそれを解決していきますが、いつもながら爽快で、シリーズとしての楽しみをここでも堪能できるはずです。

そしてたぶん誰もが気付くに違いありませんが、今回は爽香の娘の珠実が大活躍、というよりかなり危険な場面に直面してハラハラさせられます。爽香以上に存在感がある、と言っては怒られるかもしれませんが、ある意味、珠実はずいぶん大人（？）になったなあ、と思う人が多いのではないでしょうか。

二十七歳――『うぐいす色の旅行鞄』で爽香は丹羽明男と結婚しました。そこまでの厳しい道程は、何度振り返っても胸に迫るものがあります。そして三十六歳の秋――『柿色のベビーベッド』で爽香は珠実を出産しました。

だからといって子育てに専念することのないのが爽香です。それはけっして珠実をないがしろにしたわけではありません。それまでの自身のキャリアを誇りに思い、それを棄てさるわけにはいかなかったからです。

ベビーシッターを雇ってすぐ仕事に復帰する爽香でした。そして早速、当時の勤務先で〈G興産〉が運営する〈レインボー・ハウス〉の紅葉狩りのバスツアーで、台風による土砂崩れに巻き込まれています。それがこの『セピア色の回想録』のストーリーの伏線になっているのですから、これぞ長年書き継がれているシリーズならではの醍醐味でしょう。珠実はまったく意識していないでしょうが、彼女の誕生と成長がここでは大きな意味を持っています。

すくすくと元気に育ってきた珠実。それは父である明男ほかさまざまな人のサポートがあってのことですが、激務をこなしつつの爽香の子育てには、ますます共感する人が増えているに違いありません。どんな辛いことがあっても、珠実の元気な声を聞くと爽香は気が晴れるのです。

その珠実はやがて母親と同様に(!)危険な目にあうようになります。とくに中学一年生になったこの『セピア色の回想録』では、爽香にも負けない活躍ぶりをみせています、と断言しても異論は出ないでしょう。川に車ごと落ちそうになった中学校の先生を助けたり、事件の解決に重要な証拠を見つけたり……。

母である爽香の最初の事件は中学三年生、十五歳の秋のことでした。あと二年で珠実は中学三年生になります。ちょっとこれからの展開を想像するとワクワクドキドキしませんか?

そして迎えたエンディング、爽香の四十九歳を祝うパーティーのなんと和やかなことでしょう。お馴染みの面々が揃っているので、これも長年つづいているシリーズならではの楽しみです。ただ、栗崎英子の〈開会の挨拶〉にはちょっと異議を唱えたいところです。「今日は杉原爽香さんの五十歳マイナス一歳のお祝いの会を開くことになりました」――爽香でなくたって、少しでも若く見られたいのではないでしょうか。五十歳よりは四十九歳……いや、これまで四苦八苦（四九八九）してきた爽香への、英子ならではのねぎらいがこめられているのかもしれません。

ところで、四十九歳の誕生日パーティーがラストなら、今回は四十八歳の事件じゃないの？　安心してください。民法の附属法のひとつである「年齢計算ニ関スル法律」によれば、年齢は出生の日から起算するものとされていて、年齢は誕生日の前日に加算されるのです。もしそうでなければ、二月二十九日生まれの赤川次郎さんはいったい今幾つになりますか？　したがって爽香は五月八日に四十九歳になっているのです。ただし加齢するのは午後十二時……。爽香の誕生日をめぐってなんとも悩ましい事件が、この『セピア色の回想録』です。

初出
「女性自身」（光文社）
二〇二一年　一〇月一九日号、一一月二三日号、一二月二一日号
二〇二二年　二月八日号、二月二二日号、三月二二日号、四月二六日号、
五月三一日号、七月五日号、九月六日号、九月二〇日号、

光文社文庫

文庫オリジナル／長編青春ミステリー

セピア色の回想録

著者　赤川次郎

2022年9月20日　初版1刷発行

発行者　鈴木広和
印刷　萩原印刷
製本　ナショナル製本

発行所　株式会社 光文社
〒112-8011　東京都文京区音羽1-16-6
電話 (03)5395-8149　編集部
8116　書籍販売部
8125　業務部

ISBN978-4-334-79418-7　Printed in Japan

組版　萩原印刷